GABRIELLE ROY

Gabrielle Roy est née le 22 mars 1909 à Saint-Boniface, Manitoba. Après des études à l'Académie Saint-Joseph et au Winnipeg Normal Institute, elle pratique le métier d'institutrice pendant huit ans. En 1937, elle s'embarque pour l'Europe où elle écrira ses premiers récits tout en voyageant en France et en Angleterre. De retour au pays en 1939, elle collabore au Jour, *à la* Revue Moderne *et au* Bulletin des agriculteurs *auquel elle donne une série de grands reportages. Son premier roman,* Bonheur d'occasion, *reçoit le Prix Femina en 1947 et est sélectionné par la* Literary Guild of America. *D'un second séjour en Europe, elle rapportera un nouveau livre,* La Petite Poule d'Eau, *publiée en 1950. Par la suite, elle vit à Québec et à la Petite-Rivière-Saint-François, où elle ne cesse pendant plus de trente ans d'écrire des romans et des récits qui la font considérer comme l'un des écrivains les plus importants de la littérature québécoise et canadienne contemporaine. Elle est décédée à Québec, le 13 juillet 1983.*

UN JARDIN AU BOUT DU MONDE

Les quatre récits qui composent ce volume ont pour décor les plaines de l'Ouest canadien. Ces paysages désolés, immenses, plats, radieux, ressemblent, pour Gabrielle Roy, au paysage du cœur humain. Dans ces plaines, vivent des personnages isolés, exilés, qui, pour combler leur solitude, réinventent la fraternité. Gustave, le vagabond, tisse à travers l'espace désert un fin réseau de solidarités fictives. Sam Lee Wong, le Chinois perdu dans un village solitaire, garde en lui le souvenir de ses collines et de sa communauté natales. Les Doukhobors cherchent dans leur errance, au risque même de souffrir, l'aménité du pays qu'ils ont dû quitter. Enfin, la Volhynienne Martha, dans son jardin au bout du monde, transforme le désert en beauté.

Publié pour la première fois en 1975 et aussitôt traduit en anglais, *Un jardin au bout du monde* .... ré Gabrielle Roy comme .... us grands.

D1148913

Un jardin
au bout du monde

La collection Québec 10/10 *est publiée sous la direction de* *Roch Carrier.*

Cette publication a été rendue possible par la collaboration des Éditions Beauchemin qui ont fourni une essentielle contribution à la littérature québécoise.

Éditeur : Éditions internationales Alain Stanké ltée
2127, rue Guy
Montréal (Québec)
CANADA H3H 2L9

Illustration de la page couverture : Olivier Lasser

© Fonds Gabrielle Roy, 1975

Données de catalogage avant publication (Canada)

Roy, Gabrielle, 1909-1983.

Un jardin au bout du monde et autres nouvelles.

(Québec 10/10 ; 93)
Éd. originale : Montréal : Éditions Beauchemin, 1975.
2-7604-0295-9

I. Titre.   II. Collection.

PS8535.O93J37 1987   C843'.54   C87-096272-8
PS9535.O93J37 1987
PQ3919.R69J37 1987

ISBN 2-7604-0295-9

Dépôt légal : troisième trimestre 1987

IMPRIMÉ AU CANADA

Gabrielle Roy
Un jardin
au bout du monde

Stanké   nouvelles

Loin de moi l'idée de proposer à ceux qui voudront bien me lire une interprétation de mes écrits et de mes personnages. Je souhaiterais bien davantage apprendre ce qu'ils en pensent, eux.

Pour cette fois-ci, je crois néanmoins utile de fournir quelques explications sur les nouvelles qui suivent, deux d'entre elles, publiées ailleurs, réapparaissant ici sous une forme remaniée. La première, Un vagabond frappe à notre porte, a été refaite à plus de vingt ans de sa version première. C'est une entreprise périlleuse que de resserrer le sens et la forme d'un texte ancien tout en lui gardant la naïveté ou le lyrisme primitifs qui lui ont donné vie. Si j'ai tenu à reprendre cette nouvelle, c'est qu'elle représente assez bien, je crois, l'aspect quelque peu moyenâgeux, l'aspect « image sainte », sous lequel, au fond de la plaine, quand j'étais enfant, nous apparaissait le Québec, à travers les récits que nous en faisaient nos parents, immigrés au Manitoba, mais n'ayant pas quitté de cœur leur Bas-Canada, et qui « brodaient... brodaient... » Si jamais le Québec a exercé sur ses enfants éloignés une séduction irrésistible, c'est bien à cette époque, par la magie des histoires racontées autour du vieux poêle Majestic.

A peu près pour la même raison fut repêchée **La Vallée Houdou**, *témoignage assez juste, il m'a semblé, des rêves chimériques qui guidèrent tant d'immigrants d'Europe centrale et orientale dans leur installation sur les terres de l'Ouest, pauvres gens qui, pour avoir voulu suivre leur étoile, aboutirent au plus total désenchantement. Ces rêves malheureux, j'en eus connaissance par les souvenirs de mon père qui, fonctionnaire du gouvernement fédéral, assumait la responsabilité de l'établissement de nombreux colons d'origine slave, notamment d'un groupe de Doukhobors, « gens aussi doux, disait-il, qu'irréductibles ».*

Les deux autres nouvelles qui complètent ce recueil sont des inédits. **Où iras-tu Sam Lee Wong?** *fut longtemps laissé à l'état d'ébauche, pour ainsi dire abandonné en cours de route, et le serait sans doute resté sans la curieuse insistance du Chinois à se rappeler à mon souvenir, à me rappeler surtout qu'il n'y avait peut-être que moi à avoir imaginé son existence et par conséquent à pouvoir lui donner vie. Comme c'est puissant sur le cœur d'un écrivain cet appel, Dieu sait de quels limbes, d'un personnage qui demande à vivre !*

De même, **Un jardin au bout du monde** *est né de la vision que je saisis un jour, en passant, d'un jardin plein de fleurs à la limite des terres défrichées, et de la femme y travaillant, sous le vent, en fichu de tête, qui leva vers moi le visage pour me suivre d'un long regard perplexe et suppliant que je n'ai cessé de revoir et qui n'a cessé, pendant des années, jusqu'à ce que j'obtempère, de me demander ce que tous nous demandons peut-être du fond de notre silence :*

Raconte ma vie.

G. R

UN VAGABOND FRAPPE A NOTRE PORTE

I

Ma mère attendait je ne sais quoi. Elle allait souvent à la porte, écartait devant la vitre le rideau blanc ourlé de toile rouge et jetait sur la campagne mouillée un long regard distrait. Soudain elle tressaillit en portant une main à sa tempe.

— Il y a quelqu'un qui vient, annonça-t-elle, et elle continua, la voix pleine de surprise : par ici, ça m'a tout l'air...

La pluie faisait sur le toit un bruit dur et crépitant. On entendait de chaque côté de la maison l'eau des gouttières rebondir à l'extérieur des tonneaux qui débordaient. Le soir tombait. Une buée blanche montait des fossés pleins à ras bords. Par-delà le côteau de seigle, on ne voyait que la cime noircie de quelques arbres dépouillés qui trempaient dans la brume. Depuis deux jours nous n'avions vu passer aucun être vivant. « Pas même un chat, pas même un quêteux », avait soupiré ma mère.

L'homme poussa la barrière. On le vit relever le front et essayer de sourire en regardant les deux pignons de la maison, peut-être aussi la fumée de la cheminée. Il luttait à chaque pas contre le vent en tirant sur lui son manteau sombre. Alentour se tordaient et s'échevelaient les arbustes du jardin. A cause de l'ombre déjà tassée au creux de la haie, l'homme arriva à la niche de Farouche sans remarquer notre chien berger sur le point de bondir.

Ma mère étouffa un cri.

Presque aussitôt nous vîmes Farouche agiter la queue, plier l'échine et se couler aux pieds de l'homme qui lui parlait d'une voix dont le timbre étrangement doux et câlin nous parvenait entre des éclats de bourrasque.

Ma mère respira un grand coup, plus étonnée encore que soulagée.

— C'est la première fois, dit-elle, que je vois Farouche faire ami si vite !

L'homme se redressa et parut examiner toutes les entrées de la maison. Enfin, surmontant son hésitation, il fit demi-tour et vint frapper à la porte arrière qui donnait sur la cour de la ferme.

Mon père, assis au coin du feu, souffrait de cet insupportable ennui où le plongeait chaque retour des pluies dans notre pays de plaine. De toute la journée il n'avait desserré les lèvres. C'est tout juste s'il avait paru se reconnaître chez lui parmi nous tous. Enfoncé dans ses pensées, il n'avait pas vu venir l'étranger et sans doute même le son de nos voix ne le rejoignait pas.

— C'est quelqu'un qui ne s'y connaît pas, remarqua encore ma mère, en me faisant signe d'aller ouvrir.

Dès l'automne nous vivions dans la grande salle ; le petit appentis servant de cuisine en été devenait alors une sorte de pièce de débarras où s'entassaient les meubles et les outils dont nous n'avions plus besoin. Je traversai cette pièce glacée, soulevai avec peine le loquet rouillé. Un paquet de pluie me frappa au front. Le visage de l'homme m'apparut, faiblement éclairé par un reste de clarté provenant des grandes flaques d'eau autour de la pompe. C'était somme toute un assez bon visage de chemineau sans âge qui ne demande que la soupe et s'en ira tout de suite après si on ne lui offre le grenier. Nous ne voyions pas souvent de ces gens-là dans nos régions écartées, un ou deux par année peut-être, et encore ! Celui-ci cependant montrait une certaine dignité et aucune hâte à quémander. Une courte barbe roussâtre, frisottante, où perlaient de grosses gouttes de pluie, lui rongeait à demi les joues ; la visière de la casquette traçait une ligne d'ombre sur le front. Les yeux cependant très doux, souriants, presque tendres, pétillaient sous la frange humide des cils.

— Bonjour, ma petite cousine ! lança-t-il d'une voix molle, flexible et aussi déroutante que son regard. Tu dois être ma petite cousine Alice ? ajouta-t-il en riant.

Je secouai la tête.

— Non ? C'est-y Agnès alors ?

— Non, dis-je, agacée, c'est Ghislaine.

— Bien oui, qu'est-ce que je pensais ! Bien sûr que t'es Ghislaine. J'aurais dû le savoir, même si je ne t'ai jamais vue.

Il faisait le geste de s'essuyer les mains l'une à l'autre en parlant, riait bas dans sa barbe, et habilement poussait du pied la porte que je tenais entrebâillée.

Il finit par entrer.

— Je suis bien chez les Rondeau ? demanda-t-il, et son incroyable sourire amical faisait le tour de la pièce humide et froide comme s'il la découvrait avenante et pleine de monde.

— Non, dis-je, ici c'est chez les Trudeau.

— C'est ce que je voulais dire, reprit-il tranquillement. Rondeau, Trudeau : voilà deux noms qui se ressemblent. Tu ne trouves pas, cousine ?

Il me poussait un peu du bras et je voyais ses yeux qui brillaient de contentement.

— Eh bien, va dire à ton père, ma petite, que c'est un cousin qui arrive du pays de Québec.

Je le précédai dans la salle et, l'homme sur mes talons, je jetai à mon père comme un reproche moqueur :

— Il dit qu'il est un cousin du Québec.

Mon père aussitôt se leva, fit un geste étrange, comme pour étreindre l'inconnu, mais son élan se brisa. Sa belle figure paisible et vieillissante marquait moins de recul cependant que cet égarement des personnes arrachées tout à coup à leurs songes.

— Ah oui ! De quelle partie du Québec ? De Saint-Alphonse ?

— De Saint-Alphonse, dit l'homme.

Il s'approcha du poêle. Ses vêtements commencèrent à fumer. Ma mère apportait la lampe Aladin ; elle la souleva un peu au-dessus de l'inconnu et on vit de grandes déchirures dans ses habits, quelques-unes rapiécées avec des bouts de ficelle, d'autres, béantes, qui laissaient entrevoir sa chemise rouge.

Cependant l'homme attachait sur ma mère un regard d'une telle amitié qu'elle posa sa lampe et s'occupa ailleurs sans parler. On comprit qu'elle était agitée à la façon dont elle ouvrit tous les tiroirs de la desserte sans trouver ce qu'elle cherchait.

L'homme fut un instant seul au centre de la pièce, quêtant nos regards qui se dérobaient. Il avisa une chaise contre le poêle, s'assit et poussa un grand soupir de bien-être.

Alors, dans le silence, à deux ou trois reprises, on entendit sa voix douce, un peu traînante :

— De Saint-Alphonse, c'est de là que je viens. De Saint-Alphonse...

Mon père sortit sa blague à tabac. Il se préparait à bourrer sa pipe, lorsque l'étranger tendit la main, se servit de tabac sans aucun embarras, se renfonça dans sa chaise après avoir allumé une courte pipe en plâtre et murmura distinctement :

— Merci. C'est bien de la bonté.

Les deux hommes fumèrent. Ma mère remuait des casseroles avec un grand bruit inusité. Et parfois ses lèvres s'entrouvraient, comme si elle allait se décider à prononcer quelque parole blessante. L'étranger nous regardait à tour de rôle, nous, les enfants assis dans les coins, il nous souriait du fond de sa barbe ; il donnait des petits coups de menton, nous faisait à chacun un clin d'œil, puis recommençait. Un blaireau que nous avions apprivoisé, mais qui restait très méfiant à l'égard des étrangers, s'était pourtant glissé sous la chaise de l'homme. Celui-ci le prit par la peau du cou, l'installa sur ses genoux ; la petite bête, loin de protester, tendit le museau, lécha la barbe humide et, les griffes rentrées, se laissa bercer comme un enfant. Aussi sauvages, aussi silencieux que nos bêtes, nos seules amies, nous étions dans l'étonnement de les voir s'allier à cet inconnu. Ma mère elle-même semblait impressionnée, ce qui devait augmenter sa mauvaise humeur. Peu à peu nous glissions de nos sièges pour nous approcher à notre tour. L'étrange homme nous adressait des signes d'encouragement à la façon du prestidigitateur que nos parents nous avaient menés voir une fois au rodéo du village voisin.

Mon père s'était levé ; il arpentait la pièce, les mains au dos. Puis, se campant devant le vagabond, il lui demanda :

— Mais de qui êtes-vous le garçon ?

— Moi ? dit l'homme. Eh ! mais de celui qui a disparu.

Une lueur d'intérêt jaillit sous les paupières abaissées de mon père.

— De Gustave ?

— Oui, de Gustave.

— Mais on l'avait cru mort !

— Il n'était point mort ; il était allé aux États-Unis.
Moi, je suis son garçon.

— Ah, fit mon père, vous êtes son garçon !

— Je suis son garçon, répéta l'étranger d'une voix
unie et têtue.

Et il tourna son visage souriant du côté de ma mère
qui fouettait sa pâte à crêpe. Il paraissait déterminé
à lui arracher un regard, un sourire, une parole. Mais
elle bousculait les préparatifs du souper pour éviter de
prendre part à la conversation. Elle jeta bientôt une
première cuillerée de pâte dans le poêlon chauffé. Une
odeur agréable se répandit dans la pièce. Au dehors,
l'obscurité s'étendait sur le pays triste et nu. On n'apercevait plus par les carreaux que de vagues miroitements
d'eau accumulée en mares entre les taillis, dans les
creux de la plaine, ou courant en ruisseaux. L'homme
étendit les jambes. Il prit le temps de regarder la salle,
basse, grande, garnie d'une commode en chêne et de
vieux meubles modestes mais solides et si bien polis
et adoucis par l'usage qu'ils reflétaient un long contentement. Puis il se remit à sourire dans le vide, devant
lui, sans bouger.

— Mais qui est-ce qui vous a mis sur notre trace ?
s'enquit soudain mon père.

L'étranger leva ses yeux bleus qui luirent au rayon
direct de la lampe.

— A Saint-Alphonse.

— Ah !

Mon père fit entendre un soupir languissant.

— Voilà si longtemps que je ne les ai pas vus, ceux-là de Saint-Alphonse.

Il se tourna à son tour vers ma mère, toute petite, de beaucoup plus jeune que lui. Les reins ceints d'un grand tablier, elle restait penchée sur le poêle et la flamme de temps en temps lui sautait périlleusement au visage.

— Ça fait combien de temps, Albertine, que je ne suis pas allé là-bas ?

C'était elle en effet qui avait charge de lui rafraîchir la mémoire sur les événements dont il lui avait fait lui-même le récit touchant des personnages qu'elle n'avait jamais connus.

Elle prit le temps de réfléchir, faisant mentalement quelques rapprochements de date, ses jolis sourcils fortement arqués et la bouche entrouverte.

— Tu m'as toujours dit que tu étais parti de chez vous à l'âge de quatorze ans et que tu n'y avais pas remis les pieds depuis. Calcule comme tu voudras. Ça fait près de cinquante ans... si tu m'as dit la vérité.

Elle terminait toujours sur cette réserve, comme pour rejeter l'erreur, s'il s'en trouvait une, uniquement sur mon père.

Puis, par bouderie et parce que la présence de l'étranger sans doute l'irritait, elle ajouta :

— Tu n'a pas écrit à ceux de chez vous non plus depuis quinze ans. C'est une honte !

—Oui, dit mon père, ignorant la dernière remarque de sa femme, ça fera cinquante ans. Je ne les reconnaîtrais pas, ceux de là-bas.

Il pencha son visage éclairé par de lointains souvenirs mélancoliques.

Ma mère mit alors les poings à ses hanches ; elle dit très vite, sans regarder l'étranger :

—C'est prêt ! Approchez, les enfants. Viens manger, Arthur.

Le chemineau se leva aussi, allégrement ; il choisit une place contre le mur, s'y glissa en serrant sa veste de misère sur lui et, tout de suite assis, saisit sa fourchette.

—Oui, rêvait mon père, il y a bien des choses de là-bas que je n'ai pas sues.

L'homme attrapa un grand morceau de pain du bout de sa fourchette. Il le mordit au milieu, puis, souriant, la bouche pleine, il promit :

—Je vous conterai ça t'à l'heure.

II

Après le souper, il se mit en effet à raconter la
parenté, aidé de mon père qui situait le temps en s'informant : « La Marcelline, t'as dû la trouver bien vieillie ? Et Eustache ? je suppose qu'il est établi sur la
terre des vieux... »

Nous avions de la famille de mon père une très
mince information. Jamais d'un seul coup il ne nous
avait révélé le nombre de ses frères et sœurs. Parfois,
au hasard d'une rêverie, il laissait tomber un nom :
Marcelline, Philomène, Aristide. Le ton changeait
d'ailleurs selon son humeur.

Ainsi, un jour que la soupe était trop salée, il avait
grondé : « Vas-tu te mettre, Albertine, à saler ta soupe
comme la Philomène ? » — « Qui est Philomène ? »
avions-nous demandé. Mon père avait paru plus décontenancé d'avoir provoqué cette question que de notre
haletante curiosité. Philomène, finit-il par avouer, était
la seconde femme de son père. Un signe de ma mère,
à cet instant, nous avait conseillé de ne pas mener

plus loin nos recherches. Ainsi, toujours, mon père arrivait à rester seul avec les ombres de son enfance. Parfois cependant il renouvelait de lui-même cette singulière sensation de mystère attaché à nos oncles et tantes du Québec. Il parlait de personnages mal définis et toujours au passé, comme s'ils eussent cessé d'exister. C'est pourquoi ce soir-là nous fûmes surpris de l'entendre dire : « La Marcelline doit être bien vieillie. »

Marcelline était entrée brusquement dans la famille un soir que, apercevant ma mère en train de raccommoder des hardes, mon père protesta : « Fais donc pas comme Marcelline qui était si près de ses sous ! » Le nom de sa sœur aussitôt échappé, il s'était muré dans le silence.

D'autres gens surgissaient qui, pas plus que Marcelline, n'avaient de visage réel. Ils semblaient incroyablement loin et cependant, comme cette Marcelline, ils se rattachaient soudainement à nous par un penchant à rapiécer de menues guenilles ou bien encore à cause d'une chaleur de rêve répandue dans la maison, le soir, entre chien et loup. Nous ne savions pas d'ailleurs combien d'autres êtres indistincts se lèveraient à notre prochaine question, derrière Philomène ou Marcelline, et s'ils nous seraient révélés au gré d'une colère de mon père ou dans un moment d'attendrissement. Ce que nous savions, en tout cas, c'était qu'il fallait attendre l'heure et ne pas précipiter les confidences.

Or, ce soir-là, mon père se rapprocha de l'étrange visiteur et voilà que des noms jaillissaient de ses lèvres, ceux que l'on associait à la mauvaise humeur aussi bien que ceux qui figuraient aux fêtes et d'autres qui nous étaient encore parfaitement inconnus : l'oncle France, la tante Eléonore, le cousin Brault. On eût dit qu'une digue trop longtemps érigée contre le passé cédait enfin aux souvenirs qui affluaient en se bousculant. Le visiteur faisait de petits signes d'approbation. Il suivait mon père des yeux avec une attention conciliante, soutenue, encourageante, une attention telle que j'en ai vu plus tard dans la vie à bien peu d'êtres. Vraiment, nous aurions pu nous imaginer que c'était mon père qui arrivait de voyage et que l'autre n'était là que pour corroborer des faits, ou encore pour rendre un témoignage.

Enfin, quand mon père lui eut laissé la parole, notre visiteur raconta à son tour. Il parla d'une voix reposante qui ne s'échauffait guère. Il puisait dans ses souvenirs comme dans un amas de feuilles épaisses et bruissantes, tombées au pied de l'arbre, à l'automne.

Nous, les Trudeau, étions, à son dire, une famille hors du commun. Les vieux, hélas, étaient morts à la tâche sur leur terre plus riche de cailloux que de pâturages. Mais ils avaient laissé derrière eux de solides témoignages de leur ingéniosité, mille choses bien faites, bien exécutées, n'aurait-ce été qu'une clôture, qu'une porte de grange, qu'une girouette finement tournée, sur le toit de cette même grange. Tandis que de nos jours...

A quelques reprises il s'interrompit pour s'assurer que mon père écoutait toujours avec plaisir. En fait, mon père semblait avoir changé, avoir quitté une sorte de pénombre en renouant si l'on peut dire avec sa famille que d'obscurs malheurs ou d'obscurs entêtements avaient divisée, éparpillée à tous les coins du pays. Notre visiteur saisissait, d'un regard bref, la trace d'une émotion ; alors, sûr de la piste, il repartait sans élever le ton, mais comme animé d'un grand désir de plaire.

Ce qui commença alors à nous frapper le plus chez cet être singulier, c'est que du fond de sa solitude il n'accusait personne mais semblait plutôt prendre sur lui tous les torts.

Au sujet de notre famille cependant, on ne peut dire qu'il nous donna beaucoup de détails importants, ce premier soir. Par ailleurs, il décrivit avec minutie des fêtes de Noël et du Jour de l'An, des veillées d'hiver, des noces, et, tout à coup, Montréal, la grande ville, et, tout à coup, Joliette, la petite ville où les gens de Saint-Alphonse allaient acheter ; puis il commenta les temps de colonisation, pour dériver soudain vers des repas de galettes de sarrasin et de miel du pays, ou vers des souvenirs de quadrilles dans la cuisine de la maison ; et on vit alors notre père battre le plancher doucement de sa semelle.

Déjà, au reste, ces vagues parents que nous avions au loin, à travers le récit de notre visiteur semblaient tous avoir aussi changé de caractère, même Marcelline qui n'était plus rapace, mais prévoyante. Eustache avait hérité du bien paternel et le faisait fructifier ; il élevait ses enfants avec courage. Anaïs n'avait point sa pareille pour filer l'étoffe du pays et remplir les bahuts de grosse toile. Pieuse, elle ne manquait jamais la messe sur semaine. L'oncle France avait atteint ses cent ans

et on lui avait fait une belle fête chrétienne à laquelle
étaient venus les enfants et les petits-enfants dont deux
étaient au séminaire et trois en communauté. La parenté était quelque chose de sacré ; il n'y avait rien de
touchant comme les membres d'une même famille qui
se reconnaissaient à la voix et s'ouvraient les bras.
Hélas ! quelquefois les gens repoussaient ceux-là même
de leur sang venus de loin s'ils n'étaient ni très propres,
ni très reluisants.

Cela fut dit d'une voix résignée qui nous fit tous
pencher la tête, sauf ma mère qui, au contraire, la
releva avec défi. Elle cousait un peu à l'écart, poussant
son aiguille si impatiemment dans l'étoffe que souvent
elle se piquait. On l'entendait alors gémir tout doucement en portant à ses lèvres le doigt où perlait une
goutte de sang.

Au milieu d'un silence, mon père demanda :

— Mais la Marcelline... parlait-elle de moi de temps
en temps ?

L'homme assura chaudement :

— Ah, pour sûr ! Elle m'a souvent parlé de son
frère...

— Arthur, précisa mon père.

— C'est bien ça : Arthur !

Mon père tira sa chaise jusqu'à toucher du pied les
bottes crasseuses de l'étranger. Il alluma sa pipe une
quatrième fois et posa une question qui nous étonna
beaucoup.

— Ont-ils su là-bas que j'avais été nommé juge de paix ?

— Ils l'ont su, affirma le vagabond. Marcelline en a été fière.

Il y eut alors un silence heureux que ma mère rompit d'un soupir bruyant.

L'homme se tourna vers elle ; il semblait désirer lui parler, mais elle tenait les lèvres serrées avec une obstination qui ne présageait rien de bon. Enfin pourtant il éleva la voix dans sa direction :

— Et vous, ma cousine, de quelle paroisse que vous venez ? Je connais peut-être votre parenté aussi...

Ma mère se leva, toute petite, ronde et frémissante sous cette appellation, comme si la main de l'étranger l'eût touchée.

— Elle est des plaines, se hâta d'expliquer mon père. Je l'ai épousée par ici.

— Quand même, insista l'homme, j'ai bien rôdé de tous les côtés au temps des récoltes. Ça se peut que j'aie connu sa famille.

Personne ne releva sa phrase. L'homme parut blessé. Peu après son regard bleu clair se figea et l'on vit qu'il avait envie de dormir. Par instants ses paupières tombaient d'un coup, ses yeux chaviraient et on y apercevait, un instant, avant qu'elles ne se ferment, un vague sourire d'excuse et une expression un peu penaude.

Onze heures achevaient de sonner. Ma mère cependant agissait comme si la veillée n'eût fait que commencer. Mon père, lui, regardait l'horloge, tirait sa montre et comparait l'heure. Quant à l'étranger, il sommeillait sur sa chaise par petites tournées, puis s'éveillait brusquement et, pour donner le change, nous lançait à tour de rôle un clin d'œil en changeant de posture.

Mon père dit soudain :
— Ho, les enfants, coucher !

Puis sans attendre l'approbation de ma mère, il proposa :
— Tu pourrais peut-être faire un lit, Albertine...

Il hésita et conclut :
— ... pour le cousin...
— Gustave... comme mon père, expliqua l'étranger qui bâillait. Gustave, c'est moi.

Ma mère se leva sans un mot, prit la lampe, nous laissant dans l'ombre, puis dans l'obscurité à mesure qu'elle gravissait les marches menant à la mansarde. On l'entendit déplacer un grabat, ouvrir des coffres. Par la trappe entrouverte un air froid nous tombait sur les épaules, accompagné bientôt d'une odeur de toile fraîche.

Plus tard, m'étant éveillée, j'entendis ma mère qui parlait bas à mon père :
— Tu m'as toujours répété que ton frère Gustave était bâti comme un colosse, gros et grand, le plus fort de la famille... et lui, il est tout ragotin et chétif...

— Quant à ça, répliqua mon père, regarde dans les familles, tout autour de nous. Les hommes forts, ce ne sont pas toujours ceux-là qui ont les enfants les plus grands. Il tient, ça se peut, de sa mère, expliqua-t-il, après un temps.

— Si tu veux, mais n'as-tu pas remarqué qu'il avait l'air peu sûr de son coup quand tu lui as demandé des nouvelles de Marcelline et Philomène.

— Ça se comprend. Il a beaucoup voyagé. La mémoire ne lui revient pas tout à fait nette.

— Ah, tu m'en diras tant ! jeta ma mère sur un ton hostile et découragé.

A côté de leur chambre, l'homme ronflait paisiblement. A un moment, il bredouilla quelques bouts de phrase dans son sommeil. Puis je crus saisir, au bout d'un petit rire jovial : « Bonjour ! Bonjour, ma cousine ! »

III

Il resta trois semaines chez nous. Ma mère lui donna
des vêtements laissés par un ancien « engagé », qui se
trouvaient être à peu près de la taille de Gustave. Il
se lavait de bon matin dans la cuvette de la cuisine,
peignait sa barbe et devenait assez présentable.

Le jour, il tâchait de se rendre utile, s'ingéniait surtout à devancer les désirs de ma mère. Il rentrait le
bois, courait au puits dès que le seau était vide, raccom-
modait des pièges. Une fois qu'elle se plaignait de
n'avoir pas eu de courrier depuis une semaine à cause
des mauvais chemins, il partit à pied vers le village ;
il revint à la fin de la journée avec une lettre qu'il lui
tendit en espérant sans doute un mot d'amitié.

Malgré tout, le jour, nous ne pouvions nous faire à
l'idée qu'il fût notre cousin. Nous lui commandions
sans plus de gêne qu'à un valet de ferme. « Va falloir
rentrer du bois avant que la pluie trempe tout ». Nous
l'appelions, le jour : « lui », « vous », « l'homme ».

Ma mère surtout, qui craignait de le voir passer l'hiver chez nous, disait chaque matin en regardant le chemin qui se déroulait vers les bois humides et noirs : « Il va y avoir une grosse bordée de neige avant longtemps. On ne pourra même plus sortir. »

L'homme ne paraissait pas entendre. Ah non, décidément, le jour, nous ne lui accordions guère d'intérêt. Mais le soir, chaque fois que la lampe allumée reposait sur la table, cet homme bizarre, par on ne savait quel sortilège, nous devenait indispensable. Il redevenait chaque soir « le cousin Gustave ».

On eût dit qu'il était sensible à cette espèce de disgrâce dont le soir nous le déchargions. Muet tout le jour, il recouvrait l'usage de la parole dès que nos yeux radoucis l'avaient regardé. Alors il racontait de sa voix unie et calme la même histoire des secondes noces de Marcelline ou du centenaire de l'oncle France, mais en y ajoutant des détails inédits. « Tiens, vous n'aviez pas dit ça la dernière fois ! » s'exclamait mon père. Et Gustave lui adressait des yeux un vague reproche comme s'il eût cherché à laisser entendre : « Ce que je sais est trop vaste, trop multiple : ça ne se vide pas d'un coup. »

— Continuez, le brusquait alors mon père.

Gustave, désemparé dans sa vision, repartait assez docilement, mais sur une autre piste.

Il procédait par courtes étapes dans ses narrations, s'interrompant souvent au moment le plus pathétique ou le plus captivant, de sorte que pour entendre la fin

de son histoire nous étions sans cesse disposés à lui
accorder une autre journée d'hospitalité. D'ailleurs,
nous fûmes amenés par nous-mêmes à le remarquer :
si le récit de Gustave nous avait plu la veille, nous
étions polis et bienveillants à son égard le lendemain.
Mais, lorsqu'il nous avait déçus, nous savions d'une
façon inconsciente et assez dure lui en montrer du
ressentiment.

Alors, ce Gustave, il devint très habile. Il laissait
filer ses histoires. Il les morcelait en petites tranches
selon une manière à laquelle la radio plus tard nous
accoutuma. Tout lui servait à les rallonger ; le paysage
était décrit minutieusement ; l'instituteur du village, le
notaire, le médecin y jouaient un rôle ; de famille en
famille, il en arrivait à narrer des événements qui ne
nous touchaient plus de près, mais qui embellissaient
extraordinairement son récit. Il y eut l'histoire du fils
de Magloire le forgeron qui s'était pendu dans sa grange
au moyen de sa ceinture ; puis celle de Fortunat qui,
à vingt ans, avait épousé une riche veuve de cinquante
ans.

Un soir, comme je lui représentais que cela n'avait
rien à voir avec nous, il laissa tomber sur moi un regard
indocile et courageux.

— Ah, notre parenté avec les hommes ! Où elle
commence, où elle arrête, qui donc pourrait le dire !

Puis, comme s'il se fût rendu compte que nos soup-
çons pouvaient se nourrir de cette remarque singulière,
il eut un petit rire étranglé et il recommença patiem-

ment le récit qui plaisait particulièrement à mon père, celui des secondes noces de Marcelline. Peu à peu, il redevint gai et nous entretint du violoneux qui avait fait danser Marcelline à cinquante-cinq ans pour la première fois de sa vie.

— Ah ! elle a dansé ? demanda mon père.

— Oui, elle a dansé ! reprit Gustave.

Et dans ses yeux d'eau pâle, égayés, on crut voir passer et tournoyer la jupe de lustrine de Marcelline.

— Ah, elle a dansé ! répéta mon père, d'une voix engageante.

Un soir, mon père évoqua deux de ses frères établis eux aussi dans l'Ouest, l'oncle Alfred en Saskatchewan et l'oncle Edouard en Alberta. Mis en veine d'attendrissement, il avoua son regret de ne s'être pas tenu en relations avec ces deux-là au moins.

Gustave laissa causer mon père longuement, puis il promit de sa voix ensorcelante qui chantait parfois dans notre maison comme un vent de voyage :

— Qui sait ! Je passerai peut-être les voir un jour ou l'autre. Vous me donnerez leur adresse correcte et, si le bon Dieu le veut, je leur apporterai vos amitiés.

On cessa de parler des oncles de l'Ouest que nous n'avions vus qu'une fois, Alfred quand il avait entrepris le voyage à partir de Montréal et s'était arrêté chez nous en passant, Edouard lorsqu'il était arrivé du Québec avec sa famille et avait bien failli s'établir dans notre voisinage.

Gustave ne pouvant donner des nouvelles de ceux-là, mon père continua de s'informer des gens du Québec, d'un charlatan en particulier qu'il avait connu dans sa jeunesse et qui, paraît-il, avait fait fortune.

— Ah oui ! Ephrem Brabant ! dit Gustave.

Et il entreprit ce soir-là un récit qui dura plusieurs veillées.

Ce charlatan, un nommé Ephrem Brabant, avait commencé d'offrir, le dimanche matin, des échantillons de son sirop contre la toux aux gens qui sortaient de l'église mal chauffée. Mais la tisane que l'un avait prise pour son rhume l'avait miraculeusement guéri d'une autre maladie beaucoup plus grave. La nouvelle de cette guérison se répandit dans le pays fort rapidement à la faveur d'un printemps hâtif. On l'attribua tout de suite à Ephrem qui était un « septième fils ».

Or, Ephrem, sans rabattre les vertus puissantes de son remède, ne nia pas non plus les dons surnaturels qu'on lui reconnaissait. Homme de Dieu, doux et charitable, il admettait aisément que la foi aidait la vente des médicaments ; aussi, en enjoignant aux gens de prier, leur vendait-il de plus en plus de fioles. Le même produit d'herbages sous des étiquettes différentes et dans des récipients divers apportait du soulagement aux

crampes d'estomac, à l'asthme et aux douleurs rhuma-
tismales.

La renommée d'Ephrem franchit les limites du village. Bientôt il eut une carriole, un cheval noir comme
la nuit et il passa de ferme en ferme, laissant des bou-
teilles brunes à toutes les portes. Des gens en parfaite
santé essayèrent son remède et ne s'en déclarèrent nul-
lement incommodés, ce qui, autant que les cures, ajouta
au prestige d'Ephrem Brabant. Il s'était laissé pousser
la barbe qu'il taillait en pointe et se coiffait d'un chapeau noir à larges bords. Sa photographie parut sur
les flacons de sirop. On ne l'appelait plus dans le pays
que le docteur Brabant. C'est alors qu'il eut l'idée de
composer et de distribuer un petit almanach populaire
destiné à répandre les témoignages de personnes guéries
par ses soins et qui contenait, en plus, des conseils
pratiques pour toutes les étapes de la vie, l'interprétation des rêves et tous les indices connus de beau et
de mauvais temps. Le bonhomme ne savait ni lire ni
écrire, mais il possédait un grand savoir pratique fondé
sur une observation directe de la vie rurale. Pour
l'orthographe et les belles phrases, il se fiait à l'un de
ses fils qu'il faisait instruire. Il s'installa à Montréal
dans une maison cossue et malgré les procès qu'on lui
intenta réalisa une fortune considérable.

Telle fut l'histoire que nous conta Gustave. Ou
plutôt, cette version c'est nous sans doute qui l'avons
créée avec le recul du temps et selon le désir que nous
avions de tirer nos propres conclusions. Gustave dut
la narrer d'une façon plus simple et peut-être plus indul-

gente. Car il ne blâmait ni ne jugeait personne. Presque tous les êtres trouvaient grâce devant lui. S'il en était de par trop méchants, alors Gustave les faisait décéder rapidement, ce qui en définitive semblait plaire à ma mère.

IV

Maintenant que j'y songe, c'est pourtant vrai qu'il nous entretint peu souvent des membres de notre famille à nous, hormis pour nous répéter qu'ils étaient ce qu'on appelle de braves gens. Mais il savait choisir ailleurs des personnages inoubliables. Après l'histoire de Brabant, il nous conta celle de Roma Poirier qui avait assassiné son mari en lui faisant manger jour après jour du verre broyé dans sa soupe. Oh ! les êtres bizarres, cruels et obsédants qu'il fit entrer chez nous les soirs où les seaux ballotaient sur les pieux de la clôture et qu'aux abords du bois les coyotes jetaient leurs glapissements sans fin.

Longtemps après qu'il fut parti, d'ailleurs aussi inopinément qu'il était venu, longtemps après que ses traits se furent estompés dans nos souvenirs et aussi cette façon si douce qu'il avait de sourire en parlant des plus sinistres choses, il nous arrivait encore de retrouver, bien vivants en nos pensées, le charlatan et la tueuse, le vieillard de cent ans et combien d'autres créatures encore, toute une cohorte sans liens, amis du vagabond Gustave qui nous les découvrit peut-être moins par ses récits que par certains gestes las qu'il avait d'ouvrir ses hardes en réfléchissant à leurs vies, ou encore par des sourires amusés, parfois, à leur intention.

La grande méchanceté du monde, il la connaissait bien mais ni ne la jugeait ni ne la reniait. La grande détresse du monde aussi. Il nous la laissait apercevoir parfois sous une paupière lourde, d'un regard qui fixait un carreau fouetté de pluie et de branches.

Mais c'était surtout la grande piété du monde qu'il avait vue et reconnue.

Et c'est ainsi, pour finir, qu'il trouva grâce même devant ma mère.

Il racontait, un soir, les pèlerinages des foules vers le sanctuaire de Sainte-Anne-de-Beaupré. La nef nous apparut pleine d'ex-voto, de goélettes et de chaloupes qui formaient des lampes ; des milliers de béquilles pendaient entre les stations du chemin de la croix, comme si des boiteux en marche vers Dieu avaient soudain retrouvé leur agilité et s'étaient élancés directement au ciel par la découpure pâle des vitraux ; un murmure pieux montait de l'ombre ; notre maison ne parvenait plus à contenir la dévotion des pèlerins, leurs actions de grâce, leur folie d'espoir ; Gustave nous entraînait hors toutes les routes connues ; nous suivions son regard bleu, flaque d'eau dans la nuit, vers une contrée diffuse où il nous menait à la musique des orgues et des cantiques.

Il y avait toujours quelqu'un qui soupirait bruyamment lorsque, la voix de Gustave s'étant tue, nous revenions à la réalité de notre logis.

Bien sûr, il confondait singulièrement temps et personnages, mais qui d'entre nous vivant dans la plaine, loin de tous les sentiers battus, eût pu distinguer le faux du vrai dans ses récits ?

Cependant, il s'était vite aperçu que la maîtresse du logis ne paraissait l'écouter que lorsqu'il relatait pèlerinages et miracles. Dès lors, on ne réussit plus à le lancer sur un autre sujet. Il nous transporta aux endroits de prière en haut et en bas du Saint-Laurent. A ce seul mot de « Saint-Laurent », déjà nous étions pris, car il nous avait donné du fleuve une image saisissante telle qu'elle devait rester dans mon esprit. Il parlait du fleuve comme d'un être vivant, comme d'une force tumultueuse et cependant parfois si aimable que son flot n'était plus qu'un bruissement ; il nous l'avait montré, prenant sa source dans les cataractes du Niagara (il ne se souciait guère des exactitudes géographiques) ; puis, il nous l'avait révélé, fuyant vers la mer et encerclant une grande île dont nous aimions le nom, Anticosti.

Un soir donc, il épuisa la liste des lieux de prière le long du Saint-Laurent. Puis il se prit à décrire l'oratoire Saint-Joseph, bâti pierre après pierre avec les offrandes des gens du peuple. Ma mère (elle avait une dévotion particulière pour le frère André) cessa de coudre et pour la première fois s'adressa directement à Gustave. Elle ne lui parlait d'habitude que par l'entremise de l'un ou l'autre des enfants. « Demande-lui, disait-elle, s'il a vu le marteau », ou « C'est-y lui qui a pris la pelle ? cherche à savoir... » car, en voulant aider aux besognes, il déplaçait les objets, et ma mère, qui se serait fait scrupule de l'en accuser ouvertement, ne se gênait pas pour laisser peser sur lui le poids d'un blâme latent.

Or, cette fois, elle le regarda bien en face et dit :

— Vous l'avez vu, vous, le frère André ?

Gustave sentit peut-être tout le risque d'une réponse maladroite. Ma mère, selon son humeur, le servait grassement à table ou ne lui donnait que les morceaux les moins savoureux. Comprit-il la soif d'aventures spirituelles qui animait cette petite femme sérieuse, sentimentale et privée des joies d'église ? Conçut-il sa nostalgie de là-bas, elle qui pourtant était des plaines ? Et peut-être, après tout, avait-il vu le frère André puisqu'il assurait avoir aperçu le prince de Galles et Sarah Bernhardt ! En tout cas, il le décrivit si fidèlement que, beaucoup plus tard, lorsque nous reçûmes un calendrier du Québec portant une lithographie du saint frère, nous eûmes une grande exclamation : « C'était bien lui, pas à dire ! »

Pour plus d'effet, il assura à la fin, après avoir accumulé les preuves :

— Je l'ai vu comme je vous vois... madame.

Il n'osait plus dire « ma cousine », mais ne disait pas « madame » sans une hésitation perceptible et une note de regret.

Dès lors il grandit dans l'estime de ma mère. Elle lui accorda à partir de cet instant une attention, sinon toujours bienveillante, du moins soutenue.

V

Mais cela ne fut pas de longue durée. Ce diable d'homme que ni les platées de gruau avalées au petit matin, ni les grillades de lard empilées sur son assiette à tous les autres repas, n'arrivaient à engraisser, « ce malingre, ce ragotin », comme disait ma mère qui doutait encore parfois qu'il eût contemplé la face des sanctuaires et des saints, ce petit vieux tranquille n'attendait peut-être que de l'avoir apprivoisée, elle, la plus récalcitrante, pour se détourner du feu, de la table dressée et de la lampe brillant à la fenêtre les soirs d'averse. Un matin, nous le surprîmes à la porte, regardant les maigres bouquets d'arbres qui coupaient l'horizon au-delà du ravin gonflé. La pluie tombait toujours ; bientôt elle se mêla de neige et, avant la fin du jour, la plaine, sous son vêtement gonflé, nous parut tout arrondie. L'homme ne faisait qu'un tour à la porte. Et l'on sut qu'il avait envie de partir, comme on avait su trois semaines plut tôt qu'il voulait rester, rien qu'à sa façon de s'asseoir en reniflant les odeurs de la maison.

Il était tout semblable à un grand chien maigre de notre enfance que le mauvais temps faisait entrer et qu'un pire temps invitait dehors.

Mon père eut beau reparler de Marcelline et de France et du cousin Brault, le violoneux qui était parti tout seul pour Montréal avec son violon et avait joué dans les orchestres à la grande honte de la famille, la face de Gustave s'était obscurcie ; il regardait la porte, il regardait toujours la porte, celle par laquelle il était entré si joyeusement, il ne regardait plus rien d'autre et semblait chaque jour dépérir davantage. Car nous avions assisté à un phénomène bizarre : les vêtements que lui avait donnés ma mère avaient paru les siens tant qu'il avait été heureux de rester auprès de nous, puis on les avait vus s'affaisser, pendre à ses épaules et gêner ses mouvements. Et les histoires donc, les belles histoires à jamais éteintes dans ses prunelles ! Autant le ciel de nos plaines est vide quand toutes les ailes ont fui vers le sud, autant le regard de Gustave était devenu morne et comme inhabité. De cela peut-être nous lui gardions surtout rancune, de n'avoir plus d'histoires en réserve dans l'arrière-brume de son pâle sourire.

Mon père alla un soir jusqu'à lui offrir de petits gages en retour de ses services. Ma mère n'en prit point ombrage. Les yeux de Gustave remercièrent, mais sans répondre davantage.

Le lendemain, il était disparu. Il avait dû filer de nuit, en levant les verrous avec précaution. Farouche n'avait pas donné l'alarme.

Ma mère piqua une colère. Elle courut au tiroir
d'argenterie, au coffret des reliques, au pot de faïence
où l'on mettait les pièces de monnaie ; rien ne manquait nulle part. Elle compta les couteaux, les cuillers,
les chandeliers, mais dut convenir que le nombre était
exact. Alors elle fut encore plus humiliée.

— Qu'est-ce qu'on lui a fait pour qu'il parte comme
ça !

Mon père, de son côté, fit l'inspection des granges,
des graineries, des hangars. Il revint tout déconfit ;
chaque boulon, chaque outil était à sa place.

Alors, il s'abandonna à une sorte de tristesse. Les
réflexions sur sa face muette révélaient un regret qui
ne s'usait pas. De temps en temps, il poussait un soupir. Enfin, un soir, on l'entendit se plaindre, ou nous
accuser : « On ne l'a pas reçu comme il le méritait ; il
est parti pour nous le montrer. »

Nous eûmes pourtant de ses nouvelles l'année suivante. Dans le courrier, un soir, il y eut, avec les albums
tarifés des magasins de la ville et le journal hebdoma-
daire, une enveloppe couverte d'une écriture inconnue,
malhabile et salie de taches d'encre. Ma mère l'ouvrit
d'un coup ; penchés sur son épaule, nous lisions avec
elle. A l'odeur mouillée du papier, je m'écriai sans aller
plus loin : « C'est de Gustave. »

Un saut à la signature laborieuse et enfantine nous
le confirma. C'était bien celle de Gustave.

Il était parvenu chez l'oncle Alfred en Saskatchewan et se déclarait chargé de nous transmettre des amitiés. Il disait beaucoup de bien des trois filles, Emilie, Alma et Céline, que mon père avait pourtant décrites difficiles à marier, « trop maniérées ». Quelque chose de gai s'échappait des lignes. On sentait que Gustave était heureux. Sans doute, aux veillées, racontait-il ses histoires les plus drôles. Une fine odeur de tabac collait au papier ; des croix à la fin simulaient des baisers.

Un peu hardie, cette dernière familiarité ! Ma mère ne manqua pas de s'en offusquer ; mon père, lui, reprit de l'allant et on l'entendit maintes fois prophétiser d'une voix contente :

— Vous verrez qu'il reviendra un jour.

L'année suivante, Gustave était en Alberta. Il nous l'annonça dans une lettre écrite chez l'oncle Edouard. L'oncle Ed et la tante Honora exploitaient quatre quarts de section avec leurs fils. Gustave avait aidé aux récoltes qui se montraient magnifiques. On lui avait confié le camion et c'était lui qui livrait le blé au village. Une fille se marierait à l'automne. (Il ne disait pas laquelle et ce point à élucider fut pour nous le sujet de fréquentes discussions.) Une autre entrerait chez les Sœurs. (Ma mère, pour nous clore le bec, déclara tout de suite que ça ne pouvait être que la Paule, à cause d'une photo ancienne qui la représentait plutôt chétive, les yeux tournés vers le ciel.) Enfin, tout le monde, concluait Gustave, allait bien, sauf Honora qui souffrait de l'estomac. Mais il ferait venir les remèdes d'Ephrem Brabant pour la guérir. Il ne savait pas encore s'il passerait l'hiver dans « sa parenté » ou s'il se rendrait chez un frère d'Honora établi « au-delà des grosses montagnes ».

Ma mère émit quelques objections, moins pour ébranler notre conviction, je pense bien, que pour forcer la sienne. La tante Honora, qui était d'une nature froide et méfiante, pouvait-elle avoir si bien accueilli Gustave ? C'était à savoir. On eût dit qu'un peu de dépit l'agitait.

En définitive, nous étions contents, tous, de ces nouvelles. Indolents à prendre la plume, nous n'avions pas, malgré de fortes résolutions, renoué une correspondance d'ailleurs jamais entretenue avec les oncles de l'Ouest. Et il nous semblait que Gustave, prenant notre devoir à charge, nous en enlevait le souci.

C'était très bien et ma mère profita de l'occasion pour donner une petite leçon à mon père, indirectement, comme elle savait le faire.

Le nez en l'air, agitant un tapis, elle remarqua un jour :

— Tout de même, il y a des étrangers qui ont plus le sens de la famille que... que...

Mon père ne s'offusqua pas. Il souriait d'une façon sereine comme quelqu'un dont la confiance s'est mise à l'abri du doute.

Ainsi le temps passa. Nous eûmes encore une lettre six mois plus tard, non de la Colombie Britannique, mais du Yukon où Gustave, très vaguement, nous laissait entendre qu'il se livrait au métier de trappeur. Puis il cessa d'écrire. Des années s'écoulèrent. Nous l'aurions peut-être oublié s'il n'avait, en venant naguère chez nous, réveillé cette chose singulière : l'intérêt pour la famille, cette mystérieuse affinité qui faisait qu'une Marcelline pourtant inconnue nous était moins étrangère que toute autre vieille femme de son village. Et surtout s'il n'avait laissé dans notre maison le souvenir de tant d'endroits, de choses, de personnages, qui continuaient à nous relancer au long des veillées quand l'ennui rôde et que pour nous en distraire nous accueillons le rêve. Alors, se levant derrière nos pensées imprécises, la voix un peu traînante de Gustave nous revenait du fond de la mémoire.

Nous n'en parlions plus mais pensions à lui souvent, chacun de nous, le soir, quand une ombre s'allongeait sur la route.

VI

Il revint par un soir de brouillard et de pluie comme la première fois. Et c'est Farouche seul qui le reconnut à l'odeur de feuilles trempées et de boue qui se détachait de ses vêtements. Ils se reconnurent, l'homme et le chien, l'un peut-être plus heureux que l'autre puisqu'il avait obéi au mystérieux appel des routes et des clairs de lune. Mais l'homme semblait las ; penché sur le chien inquiet dont il caressait le front, on eût dit qu'il lui conseillait d'apprécier le confort de la niche et même, peut-être, la servitude bienveillante de la chaîne.

Il se releva, regarda avec son sourire de jadis, lent et triste, le toit de notre maison et la cheminée qui fumait.

Alors à ma mère échappèrent quelques mots troublés:

— Mon Dieu ! on dirait que...

L'homme hésitait, puis, comme la première fois, il s'en alla gratter à la porte arrière.

J'allai lui ouvrir. Ses yeux enfoncés dans leurs orbites brillèrent d'un très court éclat. Il n'y avait plus de gaieté dans ces yeux-là, même au plus profond. Un bleu terne d'eau dormant sur la route après de durs orages ! Cependant, il s'exclama :

— Ghislaine ! Je t'aurais reconnue, mais, mon doux, que te v'là devenue grande !

Je lui montrai le chemin vers la salle. Il me suivit. Il levait déjà les bras dans un grand élan vers la famille réunie. Tout à coup, on le vit chanceler, puis il chavira et vint s'écraser contre le poêle, sa face maigre tournée vers nous, avec un peu de salive aux lèvres, et ses yeux fixes dans l'ombre comme des traînées d'eau morte.

Ma mère toucha le front empourpré. Elle dit :

— Il a une grosse fièvre.

Mon père prit les pieds de Gustave, ma mère le souleva aux épaules ; ils le transportèrent ainsi jusque sur leur lit.

Alors commença son délire.

— Je suis Barthélémy, dit-il, le garçon de votre frère Alcide. Je viens de Saint-Jérôme ; c'est de Saint-Jérôme que je viens.

Puis il soupira :

— On doit l'amitié à sa parenté, même si elle ne nous fait pas toujours honneur.

Il reprit ensuite d'une voix hoquetante, entre des accès de toux :

— Voyons ! vous me reconnaissez pas ; je suis Honoré, l'Honoré au père Phidime qu'on avait cru mort.

Et brusquement, il parlait de cierges, d'ostensoir sur l'autel, de la grande piété du monde. Au milieu d'un petit rire guilleret, il s'exclama :

— Bonjour, ma cousine. Bonjour donc, Anastasie !

Mon père et ma mère échangeaient de longs regards, puis à tour de rôle tiraient une couverture sur le corps du malade.

Il neigea le soir, le lendemain aussi, puis toute une autre journée encore. Alors la poudrerie s'éleva. On entendait les coyotes aventurés jusqu'aux portes des granges se disputer en hurlant le cadavre de quelque lièvre blanc tombé dans leur embuscade. Parfois, au grondement qui secouait la niche de Farouche, on déduisait qu'un grand loup rôdait autour de la maison. Des souffles puissants balayaient la plaine, poussaient la neige vers les écuries, les hangers, tous les bâtiments de la ferme qui demain seraient à moitié ensevelis. On voyait la neige accumulée déjà à la hauteur des fenêtres. Soudain une rafale s'y jetait comme pour chercher à éteindre par-delà la vitre le feu de la lampe, ce dernier signe encore visible de la vie luttant contre la passion déchaînée du blizzard.

— Il n'y a pas à dire, fit mon père, il faudrait voir à sortir avant que tous les chemins soient bloqués. Il pourrait mourir, celui-là. Il faudrait au moins des remèdes.

Il parlait sans amitié. On sentait que sa grave sympathie pour le misérable n'avait pas tenu contre les aveux murmurés dans le délire ; une tempête intérieure sans doute aussi forte que celle des trois derniers jours le ravageait.

Alors, comme s'il eût été mystérieusement averti de notre embarras et de son extrême danger, Gustave murmura à travers des phrases inintelligibles :

— Ephrem Brabant !

Saisie d'inspiration, ma mère fouilla les poches du vieux manteau suspendu à un clou de la cloison. Elle y découvrit une petite bouteille brune ; sur le papier blanc de l'étiquette la figure à la barbe fine du charlatan de Saint-Alphonse nous parut à tous familière et rassurante.

— Ça ne peut, en tout cas, lui faire de mal, dit ma mère.

Et elle fit boire au pauvre homme une gorgée de l'élixir.

— Puisqu'il avait confiance... ajouta-t-elle.

Mon père s'apprêtait pourtant à sortir. Il s'enveloppa d'un grand manteau à col de fourrure et, pour calmer ma mère, lui assura qu'il n'irait que chez le plus proche abonné au téléphone.

Ma mère calcula :

— Six milles pour aller et revenir ; je vais être bien inquiète.

On entendit un peu plus tard un vague son de grelots tournoyer avec le vent, puis le cheval hennir en plongeant, dès la barrière, dans une immense houle tumultueuse.

Gustave s'était calmé après avoir avalé le remède d'Ephrem Brabant. Bientôt il dormait d'un sommeil profond, ses deux mains ouvertes sur la blancheur du drap.

— Qui aurait jamais pu croire cela ! soupira ma mère.

Elle alla à deux reprises humer les quelques gouttes de sirop brun qui restaient au fond de la bouteille.

— Ce n'est pas autre chose que la confiance.

La réflexion cependant semblait se rapporter moins au remède qu'à une pensée peut-être qui se levait en elle, éclairant ses recherches solitaires. Elle lui résistait encore par moments en montrant un visage rétif, puis, avec un petit mouvement d'épaule, elle avait tout l'air de se rendre à une évidence indéniable.

Les heures passèrent ; le malade dormait toujours. Ma mère avait fini par s'assoupir. Mais, s'éveillant brusquement, elle fixa l'horloge avec une angoisse accrue. Alors elle lutta pour s'empêcher de dormir et veilla Gustave tout comme elle nous avait veillés, ses enfants, au cours de nos maladies.

Enfin, comme s'il était loin encore, nous parvint le crissement du traîneau alors qu'il était déjà tout contre la maison. Peu après mon père entra.

Il était pâle malgré le froid et agité d'une forte colère.

— Comment est-ce qu'il va ? s'informa-t-il.

Ma mère lui montra Gustave qui dormait et lui fit signe qu'ils pouvaient causer.

Alors mon père se tourna vers elle avec violence comme s'il allait l'accuser :

— Figure-toi... Albertine... Ah, qui se serait douté ! Figure-toi que la police va peut-être venir demain à cause de lui...

— Quoi ! Pas un criminel, non, hein ? balbutia ma mère en portant à son cœur ses mains agitées.

— Non... mais c'est peut-être pire.

— Un fou ? Un malade ? demanda-t-elle en serrant davantage ses mains sur sa poitrine soulevée.

— Non, mais j'aimerais autant.

— Quoi donc ? Explique-toi, Arthur.

Mon père marcha à travers la pièce jetant de part et d'autre des regards profondément blessés. Son épais manteau dont il ne songeait pas encore à se défaire donnait à son ombre sur le mur une forme redoutable.

— Ah ! s'écria-t-il dans la plus vive rancœur, il serait aussi bien mort celui-là. Imagine-toi, Albertine... toi qui le soignais si bien ! Imagine-toi qu'il s'est fait passer pour un Lafrenière chez les Lafrenière en bas de la grande côte. Pour un Poirier chez les Poirier. Et ainsi de suite. Il n'a pas un nom, cet homme, il en a dix, vingt, autant de familles qu'il lui convient.

— Et puis ? demanda ma mère.

Elle était devenue étrangement calme.

— Un imposteur ! explosa mon père en un cri de véhément reproche. Te rends-tu compte, Albertine ? Un imposteur !

Il s'efforça de maîtriser sa voix :

— Il a été dénoncé. La police a commencé une enquête. Quand on saura qu'il est ici...

— Quoi donc, Arthur ?

Ma mère était allée se planter sur le seuil de la chambre comme pour en interdire l'entrée. Elle était toute menue, mais quand elle se tenait ainsi, la tête haute, les prunelles allumées d'une énergique détermination, il en est peu qui auraient osé la défier.

— Eh bien ! fit-elle, ne savons-nous pas ce que nous avons à dire ? Ne le savons-nous pas ? reprit-elle en questionnant chacun de nous de son clair regard franc.

Soudain la violence qui avait possédé mon père se brisa. Il eut l'air infiniment las. A tâtons pour ainsi dire, il chercha sa chaise au coin du feu, s'y affaissa. Et nous avons compris enfin de quel poids beaucoup

plus douloureux que la colère il était chargé. Une Marcelline qui le jour de ses secondes noces avait pu rire
et danser, un Eustache attaché à la mémoire de ses
parents, une Philomène tendre et affectueuse, voilà que
déjà ces personnages étaient disparus des yeux de mon
père comme les contours d'un mirage qui longtemps a
fait rêver un regard ; à leur place revenaient la petite
femme sèche et dure, le mauvais garçon à qui les vieux
s'étaient imprudemment « donnés » et la Philomène
terrible et sans grâce. Dans les yeux de mon père on
vit revenir le manque d'amour dans lequel si longtemps il avait dû vivre.

— Mon doux ! mon doux ! fit ma mère, sur un ton
curieusement persuasif, qu'est-ce qui nous prouve, à
nous, que ce n'est pas vrai ? Faut tout de même qu'il
soit le parent de quelqu'un... Qu'est-ce qui nous prouve
à nous que ce n'est pas vrai !

Le lendemain matin, Gustave se leva à peu près
guéri. Il accepta les vêtements chauds que ma mère
avait sortis du coffre pour lui. Il remercia sans effu-
sion, avec dignité. On aurait pu croire qu'il avait laissé
des habits chez nous et qu'il nous savait gré de les lui
rendre propres et en bon état. Notre grand courroux,
notre honte de l'avoir aimé peu à peu se calmaient.

Ce jour-là le ciel balayait la neige à grands coups de
soleil. Les bâtiments, les traîneaux aux brancards tendus
vers le vide, les baquets et les tonneaux, toutes les
choses de la vie quotidienne ne projetaient que des

ombres parcimonieuses dans l'immense plaine toute
frémissante de clarté. Au loin, sur la croûte durcie de
la prairie, de menues traces s'en allaient toutes en direction du bois. A l'aube, au moment où la tempête s'apaisait, les loups et les coyotes avaient regagné le refuge
des terres boisées.

Gustave s'apprêtait à partir. Il allait à la porte, tête
basse, mais hésitait, la main sur le loquet. Ma mère
préparait un bon ragoût de lièvre et de bœuf.

— Il n'y a pas de presse, dit-elle, sans se préoccuper
du silence de mon père. Vous avez été bien malade,
et il n'y a pas de presse.

Gustave eut un geste accablé des bras. Puis un frisson
passa sur tout son corps. Il parut lutter contre la tenta-
tion de la chaleur et le fumet du bouilli. Un écho de
nos paroles ayant hier frappé sa conscience lui revenait-
il à la mémoire ? Ou était-ce sa folie ancienne qui
l'avait repris ? Il commença de soulever le loquet.
Alors ma mère demanda :

— C'est peut-être que vous allez continuer à visiter
votre parenté ?

Elle avait parlé d'une voix amicale et rassurante.
L'homme prêta l'oreille. Son dos voûté se redressa. Il
ramena le regard vers la pièce. Il contempla avide-
ment, comme pour s'en faire un souvenir, le spectacle
d'un rayon de soleil qui la traversait de part en part,
éclairant finement la buée des plats mis à mijoter sur
le poêle. Enfin il leva les yeux sur ma mère. Les vieilles prunelles au regard usé brillèrent de nouveau.

— Oui, dit-il.

— Ah ! et de quel côté irez-vous donc cette fois ?

— Il me reste ma parenté du côté maternel... dans l'Ontario... commença-t-il d'une voix mal assurée.

— Du côté de Hawkesbury peut-être ? fit ma mère qui donnait toutes les marques d'un intérêt très vif. Il y a là, à ce qu'on dit, beaucoup de nos gens parlant encore français.

Elle avait entouré ses épaules d'un châle. Elle accompagna l'homme passé le seuil. Elle l'encourageait du regard. Il s'en alla à reculons un moment, comme s'il ne pouvait se résoudre à quitter de vue ce visage accueillant de ma mère. Puis, il fit face à la plaine nue et solitaire. Tout au bout de sa laisse, Farouche poussait des gémissements, s'étranglait presque à tenter de rejoindre la silhouette misérable.

— Tranquille ! Tranquille, Farouche ! dit ma mère.

Puis elle fit une chose si simple, si ravissante. Portant ses mains en cornet devant sa bouche, elle cria haut dans le vent, les bouts de son tablier s'agitant autour d'elle :

— Bon voyage... bon voyage... notre cousin Gustave !

Entendit-il ? Peut-être. En tout cas, il s'était coupé une branche de notre jardin pour s'en faire un bâton de route.

OÙ IRAS-TU SAM LEE WONG ?

I

Sa vie avait-elle pris naissance entre des collines ?
Il croyait parfois en retrouver le contour en lui-même,
intime comme son souffle. Alors il penchait la tête
pour mieux les voir dans le recueillement de la mémoire. De vagues formes rondes, à moitié estompées,
s'assemblaient sur une imprécise ligne d'horizon, puis
se défaisaient. L'image lui venait-elle du souvenir de
vraies collines très lointaines ou de quelque estampe qui
avait frappé son imagination ? En un sens elles étaient
pourtant plus réelles que ne l'avait jamais été à ses
yeux sa propre existence, que ce fût à Canton, à Fou-
tchéou ou ailleurs : une face jaune au sein d'une infinité
de faces jaunes ; parfois une face seulement portée sur
la mer des foules, des bruits et de la faim ; et aussi, il
est vrai, au milieu du flot humain, une petite voix à
peine distincte qui osait dire de lui-même : Moi.

Portefaix parmi des nuées de portefaix, puis, sur
les quais, grain d'humanité, poussière d'existence,
qu'avait-il donc à se rappeler qui lui appartienne, sinon

peut-être son nom, mais encore son nom était répandu à la volée sur les docks. Seulement dans la soupente obscure — un trou dans le mur — où il dormait échappait-il à la multitude qui le charriait.

Enfin, un jour, il en vint à une sorte de conclusion personnelle : Nous sommes trop nombreux en Chine. Ailleurs dans le monde est-ce qu'on ne serait pas plus à l'aise ? Il entendit parler d'un pays aussi vaste que plusieurs provinces de la Chine réunies et pourtant presque vide de présence humaine. Autant d'espace et si peu habité, était-ce seulement possible ! Sam Lee Wong laissait dire... Il avait peine à croire...

Néanmoins, quelques mois plus tard, avec près d'un millier de ses compatriotes, il s'embarqua sur un navire en partance vers ce pays du jeune espoir. Rassemblés sur le pont, les Asiatiques attendaient de le voir surgir, ils en guettaient l'apparition de toute leur âme, mais dans leur humble contenance habituelle et avec des yeux si las qu'on aurait pu les croire dénués d'intérêt même pour leur propre sort.

C'est alors pourtant que Sam Lee Wong, accoudé au parapet, saisit un peu mieux le fil ténu qui le reliait aux vieilles collines du fond de sa mémoire. Il se souvint de bols de riz emplis à ras bord. Il se rappela un petit manteau fait de plusieurs couches de coton piqué. Il crut même apercevoir, à l'aise dans le chaud manteau, un petit garçon aux joues rebondies. Y avait-il quelque lien entre Sam Lee Wong et cet enfant selon toute apparence bien nourri ? Sam Lee Wong le demandait d'un regard perplexe à l'eau mouvante. Mais l'océan qui lui avait par le plus grand mystère restitué une image perdue, à présent la roulait au loin avec sa houle.

Enfin apparut une côte bordée de hautes montagnes. Leur aspect fit renaître à nouveau dans le souvenir de Sam Lee Wong le relief d'anciennes collines. Il les voyait inclinées toutes dans le même sens comme une rangée de vieux arbres sous le vent. Il voyait, sans comprendre comment tout cela se tenait, un bol de riz offert, des cimes protectrices, un manteau de coton piqué, et il mit pied à Vancouver, les pas dans les pas de celui qui le précédait, toujours enserré par les siens, et loin encore d'être persuadé qu'il y avait ici de l'espace à en perdre le souffle, et cependant peu de bouches à nourrir.

A Vancouver, la Société d'Aide aux Fils d'Orient les prit en charge. A chacun, elle s'efforçait de découvrir, dans l'ampleur du pays quasi désert, la petite place qui pourrait convenir. Elle leur faisait suivre un cours de quelques semaines pour apprendre au moins les rudiments de la langue anglaise. A chaque immigrant elle consentait aussi un prêt d'argent aux fins de son installation. Remboursé petit à petit, l'argent était de nouveau prêté à un autre fils d'Orient qui arrivait pour ainsi dire sur les talons de son prédécesseur. Ne tarissait ni le mince débit d'argent ni le mince filet, contrôlé étroitement, des immigrés Chinois.

En vérité, la Société d'Aide disposait de très peu d'emplois à offrir aux petits hommes jaunes arrivant

de Canton, de Pékin ou de Mandchourie. Cela abou-
tissait pour ainsi dire presque toujours à la même occu-
pation insolite. Au loin de la plaine infinie, plate et
sans contours, d'infimes villages avaient pris naissance
dix ou quinze ans auparavant. S'ils étaient devenus assez importants pour accueillir un Chinois, c'était pour
en faire un restaurateur. Si le village, plus prospère
encore, pouvait se permettre d'accueillir un deuxième
Chinois, celui-ci, par la force des choses, en devenait
le blanchisseur. Ainsi en allait-il dans ces pauvres villages presque šans tradition aucune, hors celle de trouver à leurs arrivants d'Asie un emploi toujours le même.
L'étonnant est que les blanchisseurs chinois y acquérè-
rent vite la réputation d'être les meilleurs du monde.
Pour ce qui est des restaurateurs, rien de moins sûr
qu'ils fussent premiers dans leur domaine. Mais hors
un Chinois n'ayant rien à perdre qui donc se serait fait
cafetier dans un de ces chétifs villages où d'attraper un
client était déjà un tour de force !

Au siège social de la Société d'Aide aux Fils d'Orient,
Sam Lee Wong étudiait avec patience la carte de l'immense pays aux noms inconnus, à travers lesquels il
avait un choix presque aussi déroutant que cette carte
elle-même. Comment serait donc maintenant le visage
de la solitude ? Plus intense encore que dans les foules
monstrueuses ? Ou pareil à lui-même toujours ? Sam
Lee Wong promenait le regard sur l'inconnu de la carte
et ne savait vraiment où arrêter son choix.

— Choisis ! lui disait-on. Ici ! là ! n'importe où ! tu
as le choix, Sam Lee Wong. Il n'y a pas d'entraves.

Peut-être, las d'hésiter, allait-il à tout hasard mettre le doigt sur l'un ou l'autre de ces signes répandus sur la carte, lorsqu'un de ses compatriotes l'avertit charitablement que telle région n'était tout de même pas à conseiller. Une petite chaîne de collines, sauvages et incultes, y barrait la plaine. Vraisemblablement, le sol devait être pauvre par là, et les affaires s'en ressentir.

Des collines !

Les paupières de Sam Lee Wong battirent comme s'il s'était entendu appeler doucement par son nom.

Il se donna l'air d'étudier avec insistance cette portion de la carte à déconseiller. En vérité, il cherchait plutôt les collines à peine saisissables du fond de son souvenir. Elles seules parvenaient à lui conserver une sorte d'identité et le sentiment que, projeté au Canada, il était encore un peu Sam Lee Wong. Un instant auparavant, il en avait pour ainsi dire douté, alors qu'il scrutait sans espoir les indéchiffrables noms de la carte. Il avait éprouvé l'impression de n'être plus vraiment personne, qu'une parcelle d'être, rien d'autre qu'une pensée errante échouée ici, sans soutien de corps ou d'âme.

A présent, il se situait un peu dans sa personnalité et sa vie à cause d'une ligne d'horizon et du souvenir ressurgi d'un bol de riz fumant.

Alors il mit le doigt sur ce point de la carte qu'on venait de lui décrire traversé inopinément d'une chaîne de petites collines.

Ainsi apprit-il qu'il avait choisi la Saskatchewan et, en Saskatchewan, de lier sa vie à un village qui, curieusement, s'appelait Horizon.

II

En fait, ce n'était pour ainsi dire que cela : un horizon si éloigné, si seul, si poignant, qu'on en avait encore et encore le cœur saisi.

Heureusement, une chaîne de petites collines, assez loin sur la droite, arrêtait enfin, de ce côté, la fuite du pays. En plaine rase comme était le village, on ne pouvait manquer, en tout temps, d'avoir les yeux fixés sur ces surprenantes collines, et, les retrouvant chaque matin, de retrouver aussi une sorte de refuge contre la sensation de vertige que suscitait, à la longue, la plate immobilité.

Quand le soleil s'abaissait dans leurs replis, c'est alors que, pleines d'une lumière étrange, elles exerçaient la plus grande fascination sur les gens d'en bas, au village stagnant. Ainsi en était-il des collines et du village lorsque, par un jour de septembre, sa valise de paille à la main, Sam Lee Wong descendit du train et mit pied à Horizon.

La journée était chaude et venteuse. Le train déjà reparti, Sam Lee Wong, seul sur la plateforme de bois, eut l'air d'un être humain arrivé ici comme par un tour de passe-passe.

La Société l'avait habillé à l'occidentale. Sous un feutre noir à larges bords, dans une gabardine claire, le cou frêle serré par une cravate fleurie, Sam Lee Wong moins que jamais semblait s'appartenir. Il donnait presque l'impression d'attendre que la fatalité voulût bien une fois encore lui mettre la main au collet.

Le vent poussait en tourbillons la terre poudreuse. Personne au village ne bougeait. Même le chef de gare derrière sa vitre sale de poussière ne se donnait pas la peine de lever le nez du rapport qu'il parcourait.

Sam Lee Wong, archivisible au beau milieu de la petite plateforme de bois entre la gare et la citerne en rouge sombre, paraissait n'être vu de personne. Il resta un bon moment immobile, sans même songer à déposer sa valise. Il contemplait les espaces qui l'enveloppaient. Enfin, après avoir posé sa valise au pied du banc vide devant la gare, il traversa la voie ferrée, sa bordure de hautes mauvaises herbes sifflantes, ensuite la route et aboutit au trottoir de planches.

Il hésita un instant sur le côté à prendre, puis partit en direction de la plaine droite. Il marchait lentement, sans bruit, en regardant tout autour de lui mais à coups d'œil furtifs, comme s'il n'eût rien encore osé s'approprier d'un regard entier.

A part l'amorce d'une rue latérale tournant court —
deux maisons seulement y ayant façade — tout le village se tenait le long de la grand-route, et sans cesse
le vent s'y engouffrait, ne rencontrant rien qui pût
briser son élan.

Parvenu au bout du trottoir, Sam Lee Wong contempla la plaine qui continuait, sans un pli, sans une
ondulation. Encore deux maisons, assez éloignées,
appartenaient peut-être au village, après quoi c'était le
vide.

Sam Lee Wong rebroussa chemin. Maintenant il
faisait face aux petites collines distantes de deux ou
trois milles. Dès lors qu'elles étaient dans le paysage,
il devenait moins morne, moins accablant. Un peu de
fantaisie, une certaine grâce, on eût dit, touchait enfin
le plat et redoutable déroulement.

De retour, Sam Lee Wong marchait un peu plus vite
et regardait plus courageusement de chaque côté. De
toute façon, il avait maintenant une bonne idée de ce
village où l'avait conduit sa destinée. Ce que Horizon
comptait de plus important était indubitablement ces
deux espèces de tours, à odeur de céréales, près de la
gare, sur lesquelles se détachaient d'énormes lettres en
blanc. Sam Lee Wong avait déjà compris que le village
y enfermait ses richesses, de quoi amplement franchir
les disettes, et le descendant des générations affamées
regarda avec infiniment de respect les hautes lettres
qui composaient les mots Saskatchewan Wheat Pool.

Curieusement, hors la gare, la citerne à eau et les
autres dépendances du chemin de fer également de

couleur rouge sombre, tout du village se tenait, non
seulement le long de la grand-route, mais encore sur
le même côté de cette grand-route, face aux champs sans
limites, et comme disposé pour attendre un lever de
rideau jusqu'à ce que éternité s'ensuive.

Sam Lee Wong absorbait maintenant des détails qu'il
avait tout juste notés du coin de l'œil au premier coup.
Il reconnut une haute maison surmontée d'une croix.
Devant la porte allait et venait un homme en robe noire,
lisant dans un livre, qui n'interrompit pas sa lecture
pour lever les yeux sur celui qui passait. A moins qu'il
ne l'eût fait à la dérobée, tout comme Sam Lee Wong
lui-même qui semblait aujourd'hui ne regarder librement autour de lui qu'au moment où les gens avaient
les yeux ailleurs.

Ensuite l'école livra au dehors une troupe d'enfants
agités qui se mirent à jouer au ballon. Cette fois Sam
Lee Wong s'arrêta, franc intérêt soudain. Il resta un
bon moment au bord du trottoir à suivre du regard le
jeu des enfants, cependant que son rire muet accom-
pagnait leur tapage. C'était la première fois depuis
son arrivée sur ce continent qu'il s'arrêtait à considérer
un spectacle qui ne l'excluait pas totalement. Pourtant
les enfants joueurs ne semblaient même pas prendre
conscience de sa présence qui devait sauter aux yeux.
Mais c'était peut-être parce qu'elle sautait aux yeux
qu'elle intimidait. Après un peu de temps parut sur le
seuil une jeune fille qui agita une cloche. Les enfants
rentrèrent. Sam Lee Wong continua sa route. Il se mit
à chercher pour de bon ce qu'il espérait.

En vérité, peu de chose : une maison abandonnée, peut-être même un peu décrépite afin de l'avoir à meilleur compte, pas plus qu'un abri en somme, bien situé toutefois. Or cela n'était pas aussi facile à trouver qu'on aurait pu le supposer, car, une fois les enfants rentrés, le bruit de leurs voix éteint, tout ici paraissait vide.

Avec le temps, Sam Lee Wong devait se faire à l'idée d'un village englouti dans le silence à en paraître déserté ; à de petites maisons de bois grises, moroses, où un son s'en échappait-il, aussitôt le vent s'en emparait, l'étouffait dans sa plainte perpétuelle ; il devait se faire à cette autre forme de solitude, mais pour l'instant il crut presque tout le monde parti.

Pour s'en assurer il colla son mince visage à une fenêtre d'une maison particulièrement inanimée. Les mains pressées au bord des yeux pour intercepter la lumière et mieux distinguer à l'intérieur, il la fouillait du regard, lorsque, à sa profonde stupéfaction, il rencontra un regard le fixant avec une surprise égale à la sienne, peut-être même de l'indignation. Il recula d'instinct, puis avança de nouveau le visage pour offrir en guise d'excuse, à la vitre sombre ou au regard stupéfait, un immense sourire très humble.

Or ce sourire allait maintenant devenir une partie de Sam Lee Wong et paraître à tout propos sur son visage triste. En lieu et place de langage ? Parce qu'il ne savait autrement se faire comprendre ? Quoi qu'il en soit, cet immense sourire du Chinois mélancolique ne devait étonner personne ici. C'est plutôt d'un Chi-

nois n'ayant pas toujours le sourire que l'on eût été
choqué.

Après avoir parcouru une deuxième fois le village
en entier, Sam Lee Wong put faire le compte des ma-
sures réellement désertes : trois en tout. Une d'elles le
tentait un peu plus que les autres, quoique en piteux
état. Sa façade à fronton était curieusement rebondie
comme si elle avait naguère à demi cédé sous une pression du dedans. Sans doute avait-elle servi de grainerie, car une odeur de céréales s'en dégageait. D'ailleurs Sam Lee Wong put constater à travers la vitre
qu'il restait du grain en tas sur le plancher. Mais cette
maison à odeur de blé était située à peu près en face
de la gare, à l'endroit le plus passant du village, adve-
nant qu'il y eût jamais des passants. De plus, elle était
munie d'une extraordinaire vitre prenant bien une moitié de la façade. Sam Lee Wong ne détestait pas non
plus le fronton découpé qui donnait à la masure une
allure du Far West telle que la lui avait représentée
des cartes postales.

Méditatif, Sam Lee Wong se voyait reflété en partie
dans la vitre crasseuse, et il voyait aussi comme une
sorte d'avenir s'y dessiner. Car les affaires pourraient
n'être pas trop mauvaises, même en un village aussi
endormi, avec cette large vitre pour attirer. Quand
Sam Lee Wong apprendrait l'histoire de la masure, il
lui trouverait encore plus d'attrait, car avant de servir
de grainerie, au temps où le village avait failli con-

naître un boom sensationnel, elle avait bel et bien
abrité une succursale de banque, et c'est pourquoi elle
possédait cette grande ouverture. Ensuite y avait logé
le secrétariat de la municipalité, et c'est alors qu'on
l'avait munie d'une sorte de comptoir coupant la pièce
dans sa largeur. Lorsque Sam Lee Wong, s'habituant
à la pénombre, l'eut découvert du regard, il en éprouva
presque plus de contentement encore que de la grande
vitre. Il n'y avait pas à chercher plus loin. Il avait,
sous la main, tout ce qu'il lui fallait.

Le difficile, cependant, fut d'élucider la question : à
qui pouvait bien appartenir l'ancien bureau des affaires
municipales ; puis, ayant repéré l'actuel propriétaire, un
fermier qui habitait à la sortie du village, de lui faire
comprendre qu'il désirait louer cette ruine. Enfin le
marché se fit. Moyennant dix dollars par mois, toutes
réparations à ses frais, le bureau-grainerie était à Sam
Lee Wong.

Avant la nuit, il s'y installa. En revenant de chez
le propriétaire, il s'était acheté un seau, du savon, un
balai. Tard ce soir-là, une pauvre lampe posée sur le
comptoir éclaira les allées et venues de Sam Lee Wong
qui, ses beaux effets enlevés et remplacés par une sorte
de robe-tablier, balayait et rangeait comme déjà mystérieusement chez lui. Était-ce parce que la salle au fur
et à mesure qu'il la dégageait paraissait de plus en
plus grande et vide, était-ce la curieuse ombre sur les
murs, cela ou autre chose, toujours est-il que les quelques villageois qui en passant jetèrent un coup d'œil à
l'intérieur, reculèrent à leur tour, dans la gêne, peut-

être pour avoir surpris une image trop franche de la
solitude. Pourquoi tout d'un coup, au milieu d'eux qui
étaient bien assez seuls, ce Chinois sans attache, sans
rien ? Ils rentrèrent chez eux et s'efforcèrent d'oublier
l'image qu'ils avaient saisie au passage d'un homme
s'installant à peu près comme un oiseau fait son nid,
au hasard du monde.

Sur ses hardes roulées en oreiller au fond de la
grande salle vide, Sam Lee Wong posa la tête et s'en-
dormit. Ailleurs, dans le village, on se retirait aussi
pour la nuit, et la réflexion vint à chacun, aiguisée
comme elle l'est souvent avant que ne s'éloignent les
regrets et les mauvais souvenirs de la journée. Car, au
moment où elle avait agité la cloche, la maîtresse d'école
avait bien vu le Chinois arrêté au milieu du trottoir ;
de même entre deux phrases du bréviaire, le curé, du
coin de l'œil ; mais mieux que tous l'acheteur de blé
pour le compte de la Saskatchewan Wheat Pool qui,
du haut de l'élévateur à blé, s'était trouvé des mieux
placés pour suivre les allées et venues de l'étranger ;
aussi Pete Finlisson, chef de section du chemin de fer,
du wagon désaffecté posé à plat parmi les chardons
qui lui servait de demeure, tout à côté du rail ; bien
d'autres encore que l'effarement du Chinois avait peut-
être comme figés, ou qu'est-ce alors qui les avait retenus
de marquer un mouvement de sympathie ? Peu à peu
la nuit s'allongea sur le village isolé au lointain de la
plaine nue. Les collines tracèrent la nette découpure
de leur profil sur le bleu un peu moins accentué du
ciel. Le vent s'éleva, ébranla les frêles maisons de
planches, souffla la poussière le long de la grand-rue

où veillaient, très espacés, trois réverbères, comme pensifs. Que signifiait la présence à Horizon de Sam Lee Wong ? Parmi tant d'énigmes déjà ? Enfin tous sans doute perdirent pied bienheureusement dans le sommeil, Sam Lee Wong au milieu d'eux, la tête sur son paquet de hardes.

Quelques jours plus tard, au centre de la grande vitre lavée et toute propre, on put lire, tracée au savon, l'annonce que voici :

RESTAURANT SAM LEE WONG
GOOD FOOD.
MEALS AT ALL HOURS.

III

A quelque temps de là, par un beau matin sec, vint à passer devant le café le vieux Smouillya. Depuis vingt ans peut-être il cherchait une oreille compatissante pour y déverser le récit par trop étrange de sa vie absolument sans queue ni tête. Parti tout jeune homme de son village des Pyrénées françaises, il s'était réveillé un jour à Horizon sans avoir jamais tout à fait compris comment cela avait pu se produire. Un homme de montagne transplanté dans la plaine nue ! Tous ses efforts dès lors avaient porté vers l'espoir de s'en sortir. Mais les malheurs s'étaient accumulés sur sa tête. Finalement il avait tout perdu : sa terre et ses bâtiments pour dettes ; puis sa femme, de maladie ; enfin les enfants. Il lui restait une cabane au bout du village. Il y vivait l'hiver, mais le beau temps revenu, comme la cabane était sale à n'y plus voir, il déménageait poêle et marmites et campait à deux pas de sa maison, sans plus y mettre le pied pendant les trois ou quatre mois de la saison clémente. A moitié ivre tout ce temps-là,

disaient les uns, de son petit vin de cerises sauvages
— le *choke cherry* —, sous le coup plutôt, disaient les
autres, d'une singulière et tenace aberration, il n'y
avait à comprendre quoi que ce soit aux divagations
du vieux Smouillya. Quelques-uns prétendaient cependant l'avoir surpris un jour assis par terre, le dos aux
maisons, qui pleurait en silence en regardant au loin
les collines que le couchant embrasait. Mais pleurait-il
vraiment ? Ou n'était-ce pas son catarrhe qui amenait
toute cette eau sur son visage ?

Donc, ce vieux Smouillya vint à passer devant le
restaurant. Sur le seuil se tenait Sam Lee Wong tout
souriant.

— Good molnin ! nice molnin ! dit-il au vieux
Smouillya.

Celui-ci, d'étonnement, s'arrêta net. Depuis des années personne ne faisait plus que le saluer d'un coup de
tête bref, par peur, si on lui disait seulement bonjour,
qu'il ne vous retienne par la manche et ne se lance dans
un monologue sans fin où il n'y avait pas un traître
mot à saisir. Déjà, dans sa jeunesse, à cause de son
fort accent basque et d'un défaut de prononciation, c'est
tout juste si on le comprenait. Mais maintenant qu'il
n'avait plus de dents, que de sa bouche s'échappaient
de sifflants jets de salive et que grondait au fond de
sa poitrine un asthme chronique ! Il est pénible, il
faut en convenir, en écoutant quelqu'un qui vous raconte avec élan quelque chose d'important, peut-être
sa vie, peut-être ses malheurs, de n'en pas attraper un
seul mot et de ne même pas savoir quelle mine prendre,

apitoyée ou réjouie ! C'est donc pour s'épargner de
l'embarras que peu à peu les gens, sans réelle méchanceté sans doute, s'étaient mis à fuir le vieux Smouillya.

— Nice days to days, baragouina Sam Lee Wong.

Or le vieux Smouillya comprit Sam Lee Wong.
Compris lui-même de si peu, il n'y avait pour ainsi
dire pas de jargon ni de patois qu'il n'arrivait à déchif-
frer. Dans son impossible accent il répondit :

— Mais oui, une belle journée, Fils du Céleste Empire... ce qui parut plaire à Sam Lee Wong, car son
sourire s'élargit davantage.

Une odeur de saucisses et d'oignons frits flottait du
fond de la salle. Le vieux Smouillya la renifla, fort
alléché.

Or, dès son premier jour dans les affaires, Sam Lee
Wong se découvrit une habileté suprême à lire sur les
visages et dans les gestes des hommes. Il dit rapidement : « Come... come... come... » tout en s'effaçant
pour laisser entrer Smouillya à qui d'un geste courtois
il indiquait une des deux petites tables seulettes recou-
vertes de toile cirée :

— Sit, sit, sit, dit-il ensuite puis courut s'affairer à
tourner dans le poêlon les saucisses, cuites et recuites.

Était-ce la lueur du feu allant chercher au fond des
yeux bridés une expression paisible ? En tout cas, le
Chinois paraissait à sa place ce matin comme restaurateur. De son côté, à peine assis, le vieux Smouillya
prit l'air d'un client avec juste ce que cela comporte de
quelque peu supérieur à celui qui le sert, mais atténué

par une camaraderie de bon ton. En même temps, le
bonhomme examinait les lieux et approuvait du regard
les transformations apportées à l'ancienne grainerie.
On ne s'y sentait plus le moindrement dans une grainerie, et encore moins dans une succursale de banque.
En fait, tout y était de ce qui compose un restaurant
des villages de l'Ouest, depuis les deux petites tables
avec chacune ses quatre chaises disposées autour, depuis
une odeur déjà bien caractéristique de graisse, jusqu'aux
mouches qui bourdonnaient allégrement.

Aussitôt servi, Smouillya attaqua les saucisses, les
mettant trois par trois sur son couteau qu'il porta par
deux fois à sa bouche, et le tout fut avalé tout rond.

Son repas terminé, il prit sur la table un cure-dents
qu'il promena à l'intérieur de sa bouche et laissa enfin
sur sa langue. Alors, un peu renversé sur sa chaise,
à Sam Lee Wong qui se tenait debout devant lui, défé-
rent, un tablier blanc sur le ventre, il entreprit de raconter de bout en bout ce que personne au village
n'avait jamais compris : la malchance qui avait été
sienne dès son arrivée dans cet Horizon de malheur ;
d'abord les années de sécheresse ; puis la rouille qui
lui avait pourri deux de ses plus belles récoltes ; enfin
la saisie de ses machines agricoles ; tout cela en crachotant de tous côtés, avec un râle profond des bronches,
mais aussi une sorte de loisir, de détente inespérée, car
pour la première fois il était écouté dans un silence
patient, il n'y avait à lire dans l'œil de son interlocu-
teur le désir ni de s'enfuir ni de se boucher les oreilles.
Tout cela était si plaisant, si inattendu, que Smouillya

fit aujourd'hui son histoire plus longue et pittoresque
que jamais. Car il ne manquait pas d'instruction, d'in-
vention, de lecture, d'images fortes, et sa peine essentielle dans la vie lui venait peut-être de n'avoir jusque-
là su rendre ses dons évidents à personne. Tout rassé-
réné et presque aussi souriant que Sam Lee Wong,
Smouillya racontait donc enfin à loisir ses malheurs.

Cependant, dit-il, ils allaient prendre bientôt fin. Car
il attendait de l'argent qui ne pourrait manquer de lui
arriver très prochainement. Dès lors il paierait ses dettes
et retournerait vivre au pays, dans les montagnes. Là,
du côté des Pyrénées françaises, fit Smouillya, il retrou-
verait sa place, sinon pour y vivre encore, du moins
pour y mourir en paix.

Alors le vieux s'avisa qu'il était dans un endroit
public, que le Chinois se devait à d'éventuels clients,
et il se mit hâtivement à fouiller ses poches qu'il savait
vides. D'un geste énergique, branlant la tête, Sam Lee
Wong arrêta ces recherches. Smouillya voulut bien
comprendre que Sam Lee Wong pour cette fois refu-
sait d'être payé et considérait son premier client comme
un invité pouvant lui porter bonheur.

— Eh bien ! en ce cas j'accepte, dit Smouillya, magnanime. Mais dorénavant, Fils du Céleste Empire,
inscris les repas que je m'engage à venir prendre dans
ton café, inscris-les tous pour le jour où, avant de rentrer
dans mes Pyrénées natales, j'acquitterai mes dettes en
commençant par toi, homme de cœur.

Sam Lee Wong accompagna le vieux jusqu'au seuil.
Il eut l'air d'avoir lui aussi quelque chose sur le cœur

à vouloir raconter. Son regard se perdit à l'intérieur
de lui-même. Il chercha, chercha, mit ensemble de
peine et de misère quelques mots : « Chine trop de
monde, beaucoup monde. Ici grand, presque pas monde. Partout Chinois tout seul. Monde bien étrange.
Petites collines, là-bas, bonnes ! »

Et cela suffit au vieux Smouillya qui, à force de
n'être compris de personne, en était venu à comprendre
jusqu'aux chats errants, pour saisir la nostalgie du cafetier. Il mit un bras autour de la mince épaule de Sam
Lee Wong. Il l'encouragea. En tout cas, en attendant
que s'amènent d'autres clients, il s'engageait à venir
lui-même presque tous les jours — ses jours libres bien
entendu — occuper sa place au restaurant, et cela finirait par attirer du monde. Rien comme l'exemple ! Il
vanterait même un peu partout la cuisine de Sam Lee
Wong, et bientôt les clients viendraient, alors, leur fortune faite à tous deux, ils pourraient rentrer dans leur
pays respectif, lui dans ses majestueuses Pyrénées, Sam
Lee Wong dans les vieilles petites collines rondes de
son enfance.

Or il tint parole. Peu souvent, tant qu'il fit beau
temps, manqua-t-il au repas du midi dont il acquittait
pour l'instant le prix en racontant le monde tel qu'il le
voyait : un immense manège où personne ne comprenait jamais personne. Il n'y avait que les montagnes
pour sauver les hommes, les montagnes qui par leur
noblesse et leur immuabilité obligeaient l'espèce humaine à s'arrêter de tourner perpétuellement en rond.

Il ne cessa de venir qu'avec les grands froids qui le contraignirent à réintégrer sa maison pour n'en plus sortir. Manquant de vin de cerise, il perdait l'appétit et l'espérance. Alors s'éloignait, s'éloignait dans sa mémoire le profil de ses Pyrénées. Parfois, se prenant la tête entre les mains, il la secouait comme pour y ramener une idée consolante, car dans la cabane sombre, fenêtres bouchées pour ne pas y geler vif, il ne voyait vraiment plus comment lui viendrait de l'argent pour payer ses dettes et acheter le billet de retour au pays.

IV

Avec les mois, puis les années, prospérèrent doucement les affaires de Sam Lee Wong. Jim Farrell, le
chef de gare, eut une violente dispute avec sa jolie
jeune femme Margot. Elle prit le train pour Moose
Jaw, un jeudi matin, et on ne la revit plus.

Au bout d'une semaine de mortification, Farrell en
eut assez d'œufs sur le plat mangés seul trois fois par
jour au coin de sa table. Il s'en vint essayer la cuisine
du « Chink » comme il l'appelait, et dut la trouver
convenable, car il persista. Mais peut-être trouva-t-il
surtout du soulagement à pouvoir dire tout le mal qu'il
voulait des femmes sans risque de voir ses propos col-
portés. Encore qu'il était probablement trop ivre, tout
ce temps-là, pour s'en soucier.

A l'entendre, c'étaient des folles. Toutes des folles ! Dépensières aussi, et extravagantes et coureuses !
On avait bien tort de s'imaginer que la vie sans elles
était une catastrophe. Au contraire, ces folles parties,
on était débarrassé, enfin on respirait !

Au moment où Farrell épanchait le plus son ressentiment, Sam Lee Wong par discrétion s'effaçait davantage si possible et finissait par passer inaperçu chez lui. Mais un soir qu'il était plus éméché que d'habitude, Jim Farrell apostropha directement le Chink.

— Toi, Chinois, bien chanceux au fond de n'avoir pas femme !

Sans posséder encore un vocabulaire étendu, Sam Lee Wong serait parvenu à s'exprimer très convenablement, si on l'y avait un peu aidé. Il apprenait vite. Mais on continuait de lui parler comme à un déficient. Et lui, par politesse, pour ne pas faire honte à ceux qui lui parlaient ainsi, répondait à peu près sur le même ton.

— Toi, chanceux en diable de n'avoir pas femme ! reprit Farrell.

— Oui, Wong chanceux pas femme ! acquiesça le cafetier.

Il existait alors au Canada une bien cruelle loi régissant l'entrée au pays d'immigrants chinois. Des hommes, quelques milliers par année, y étaient admis, mais ni femmes ni enfants. Plus tard la loi devait s'humaniser. Dans ces villages de l'Ouest perdus d'ennui et de songes tristes, dans les mêmes petits restaurants à odeur de graisse, dès lors on verrait, aux côtés d'un Sam Lee Wong, une petite femme un peu boulotte le soutenant de son mieux ; quelquefois une marmaille d'enfants jaunes se bousculant à l'arrière du café ; et si tout ce monde serait encore à part du village, du

moins il le serait ensemble. Mais au temps de Sam
Lee Wong une femme chinoise auprès de lui eût été
aussi inimaginable que l'arrivée du Roi d'Angleterre à
Horizon.

— Oui, commode pas femme, approuvait Sam Lee
Wong tristement.

Quelquefois, en retrouvant le vague souvenir du
manteau de coton piqué et du bol de riz, il croyait aussi
entrevoir un aimant visage de femme. Sa mère ? Une
sœur aînée ? Une tante ? Il ne savait pas.

Bientôt ses deux petites tables à quatre places furent
occupées à sept heures le matin, à midi tapant et à six
heures le soir. D'un repas à l'autre l'odeur de frites
et de bacon n'eut plus la possibilité de se perdre au
loin. Son trop-plein déborda sur le trottoir et s'y accu-
mula. Elle fit partie d'Horizon comme la dominante
odeur aigre s'échappant de la taverne le samedi soir,
comme l'âcre parfum du blé au temps où l'on en emplissait les silos de la Saskatchewan Wheat Pool.

Après Farrell, Sam Lee Wong eut Pete Finlinson
comme client régulier. Large d'encolure, avec une
épaisse chevelure couleur de chaume, l'Islandais s'était
fatigué, terminée sa tournée de section du chemin de
fer, de rentrer dans sa demeure-wagon, pour se sentir
encore, c'est le cas de le dire, dans les chemins de fer.
Lui aussi prit goût aux fritures de Sam Lee Wong, ou
peut-être davantage à Sam Lee Wong lui-même, car,
homme pourtant peu liant, il était toujours là, son
souper depuis longtemps avalé, à suivre des yeux les

perpétuelles allées et venues du Chinois. Personne en fait, ni Farrell, ni Finlinson, qui passa pourtant des heures dans son coin au café, ne put dire qu'il avait vu le Chinois assis. Immobile quelquefois, oui, encore que ce ne le fût pas souvent, mais assis sur une de ses propres chaises, ça jamais ! Que diable ce petit homme avait-il à tant trotter ! (Au reste, rien qu'entre ces quatre cloisons. Car, au dehors, il ne s'y aventurait pas.) Donc à l'intérieur, seulement ! Mais là, trotte, trotte, il avait toujours l'air d'avoir mille choses à accomplir à la fois, bien que ce fût toujours chez lui aussi graisseux.

— D'où viens-tu, Wong ? lui demanda Finlinson un soir qu'il se sentait enclin à causer.

Sam Lee Wong ouvrit la bouche dans un vaste sourire. Il pointa par-delà la plaine.

— Far !

— Oui, je te crois, que tu dois venir de loin. Il n'y a personne ici qui ne vienne de quelque bout du monde. Moi, c'est d'Islande et pour me trouver, un beau jour, chef de section à Horizon. C'est pas drôle en diable, cette histoire ? De se retrouver ensemble, toi de Far comme tu dis, moi d'Islande, Farrell de l'île de Man, Smouillya des Pyrénées, Jacob du vieux Québec...

Puis il oublia à quel point cela était curieux pour se mettre à rêver tout haut de l'Islande. C'était des odeurs qu'il s'ennuyait le plus, odeurs d'iode, de poisson, du grand large, qui imprégnaient toute la vie de l'immense île.

Ensuite l'acheteur de céréales pour le compte de la Saskatchewan Wheat Pool prit l'habitude, les soirs où il était gris, plutôt que d'affronter sa femme Lilly, de s'éterniser au café.

Oui, Sam Lee Wong eut des clients tristes, plus d'esseulés et de mécontents que de gens heureux, et il semble qu'il s'efforça de se mettre à leur diapason, encore que ce ne lui fût sans doute pas difficile.

Mais s'étant finalement acheté une glacière à ice-cream, le café fut dès lors envahi les samedis soirs par les jeunes gens des fermes et de hameaux voisins, qui y menaient grand bruit et s'attardaient des heures. L'atmosphère devint tout autre. Au lieu de jérémiades, c'étaient des fous rires, des blagues à n'en plus finir. Sam Lee Wong fit alors installer sur un côté de la salle deux tables fixées à leurs banquettes à haut dossier. Quand entraient en bande les jeunes couples, d'un geste, d'un sourire engageant, Sam les invitait à prendre place dans les stalles. Ils les occupaient des heures durant, à sucer la paille de leur milk-shake ou de leur cream soda, les pieds et les mains se cherchant sous la table.

Sam Lee Wong servit ceux-ci avec peut-être un peu plus d'empressement qu'il n'en avait eu envers ceux qui se plaignaient des femmes ou de la vie en général. Mais cette préférence, s'il la marqua vraiment, était à peine perceptible. Au fond, il n'y eut que Smouillya, fort susceptible, pour la reprocher au Chinois.

— Qu'est-ce qui te prend de choyer ces petits dingues, ces petits morveux qui chahutent en sorte qu'on ne peut plus méditer en paix ici comme avant ?

— Tut-tut-tut, Sam Lee Wong se permit-il un léger reproche, toi jeune pourtant un jour. Toi pas t'en souvenir ?

— C'est si loin, soupira le vieux, si loin ! Puis d'ailleurs, dans notre temps, on n'était pas effronté comme aujourd'hui.

— Toujours les vieux disent cela, observa Sam Lee Wong.

Pourtant, il n'y eut bientôt plus de doute qu'il tolérait presque tout de la part des jeunes, un charivari jusqu'à des heures impossibles, des verres cassés, du coca-cola répandu sur les tables. Mais il avait toléré avec le même visage impassible les grognements de Farrell, les éructations d'un certain Charrette, les pesantes réminiscences de l'Islandais, que n'avait-il toléré ? Parfois, on pouvait avoir l'impression qu'il était celui d'entre eux devant qui on se gênait le moins et que par conséquent mieux que personne au monde il les connaissait à fond.

V

De mois en mois, Sam Lee Wong achevait de rembourser à la Société d'Aide aux Fils d'Orient le prêt qu'elle lui avait consenti. Smouillya, jamais très pointilleux sur la question d'argent, ne se gênait pas pour chercher à dissuader le Chinois de tant se presser à s'acquitter de sa dette et même de s'en soucier, un point ! La Société était riche, prétendait-il. Elle pouvait attendre son argent. Elle pouvait l'attendre indéfiniment. D'ailleurs, elle n'eût pas poursuivi un mauvais client, car c'eût été révéler au monde son racket.

A ces remontrances, Sam Lee Wong opposait un front têtu. Son idée était qu'à Vancouver, ou peut-être seulement encore à Canton, un Chinois pauvre attendait cet argent pour venir à son tour s'établir dans la plaine canadienne, et pour rien au monde il n'aurait consenti à être celui qui eût bloqué ou ralenti le filet d'immigration.

— T'es bien fou, lui serinait le Basque, avec un peu d'amertume comme si le Chinois eût dépensé de l'argent qui en quelque sorte lui revenait à lui, Smouillya. Fais attention de te garder quelque chose, si tu veux que nous rentrions tous deux un jour dans nos pays respectifs, toi, embaumé, dans ton cercueil, moi, sur mes deux jambes, comme je préfère Tu rentreras dans un bateau spécial, expliquait-il, conçu exprès pour ramener les défunts dans le Céleste Empire. Une sorte de bateau frigorifique, j'imagine.

Puis il revenait à la charge pour la centième fois :

— Mais si tu n'es pas bien traité, selon le marché, tu ne seras plus en état de t'en plaindre. Quel mauvais marché aussi ! Tant qu'à ne pas retourner vivant au pays, pourquoi tenir à y retourner mort ?

Cent fois Sam Lee Wong lui en avait donné la raison : pour être du moins réuni aux ancêtres.

— Que t'as même pas connus !

— Eux me reconnaîtront, disait Sam Lee Wong.

— C'est cette idée folle, poursuivait Smouillya, que vous avez en tête, les anciens coolies, de rentrer en Chine pour la sépulture, qui enrichit vos compatriotes exploiteurs à Vancouver. Morts, vous n'avez aucun secours contre leur mauvaise volonté. Il paraît qu'ils vous entassent dans les cales comme du bois cordé. Et même faut-il attendre, pour partir, un chargement complet !

N'importe ! Sam Lee Wong versait un peu d'argent chaque mois pour constituer son fonds de retraite éternelle.

— Écris. Envoie l'argent comme d'habitude.

Smouillya écrivait d'une fine écriture claire et déliée que Sam Lee Wong admirait à l'égal des dessins du givre tracés par le froid sur les vitres. De plus, autant le bonhomme, dans la conversation, s'embarquait en incessantes digressions et y perdait le fil, autant sa phrase écrite était précise et courait droit au but. C'était là le don par-dessus tout précieux du vieux Basque que Sam Lee Wong était seul à connaître, lui seul ayant jamais eu recours à Smouillya. Le vieux lui écrivait ses lettres, les commandes de fournitures et de saucisses, aussi bien que les incessantes expressions de gratitude qui accompagnaient chaque envoi d'argent à Vancouver. Quand Smouillya lui apportait pour les lui lire et les faire approuver ces extraordinaires lettres, Sam Lee Wong entrait dans une sorte d'extase. Il ne souriait plus alors, perdu dans une grave félicité :

— C'est moi qui ai dit cela ? demandait-il, aux passages les mieux tournés.

— C'est toi. Enfin c'est bien ce que tu voulais dire, Fils du Céleste Empire ? Car à toi et les tiens fut toujours départi un don exceptionnel d'expression. Du moins c'est ce que j'ai appris en lisant des récits de voyage sur l'ancienne Cathay. Les as-tu lus ?

— Non, disait Sam Lee Wong à regret. Je connaîtrai les miens qu'après ma mort.

Ensuite il contemplait son nom qui, écrit à l'occidentale, faisait merveilleusement important, Smouillya ornant les capitales d'une sorte de trait enlevé, comme prêt à prendre l'air.

— C'est moi ? demandait Sam Lee Wong, faisant montre enfin d'émotion.

— Bien oui ! Regarde : Sam Lee Wong, esquire.

— Je suis esquire ? s'enquérait le cafetier.

— Comme moi ! Comme tout le monde !

Parfois alors renaissait dans le souvenir de Sam Lee Wong le profil des collines d'avant celles d'Horizon. Un visage de femme perçait la brume des années. Il ressentait presque une sorte de continuité avec de confuses choses perdues. Dans un élan de gratitude, il s'écria un jour :

— Toi, Smouillya, pas devoir à moi repas pendant huit ans. Toi devoir quatre ans seulement.

Toujours magnanime, Smouillya, en postillonnant de tous côtés, protesta véhémentement :

— Jamais de la vie ! Je te dois huit ans. Moins, toutefois, un an en retour de mes honoraires de secrétaire. Moins une autre année peut-être pour la cogitation en faveur de tes intérêts. Moins les jours où j'ai été retenu par mon asthme de voir à tes affaires. En tout cas, ne t'inquiète pas : tout est inscrit au dos de mon calendrier.

Puis, oublieux de ce que hier encore c'était sur les profits de Sam Lee Wong qu'il comptait pour les ramener tous deux dans leur pays d'origine, il faisait observer :

— Avec ce que je te dois, voilà du moins assuré ton passage de retour en cercueil de première classe. C'est de l'argent en banque.

Et il soupirait :

— Toi au moins tu as de l'argent en banque !

Jamais naïf au fond, Sam Lee Wong, un jour que le Basque répétait son antienne, se permit un bref sourire qui en disait long.

L'interceptant au vol, Smouillya s'en offensa. Il frappa du point la table branlante.

— Puisque je te le dis ! De l'argent en banque ! De l'argent à toi quand tu le voudras !

VI

Et voici qu'une sécheresse, au fond toute pareille à celles qui avaient chassé Sam Lee Wong et tant des siens de leur patrie, s'abattit sur Horizon et ses alentours. Sur la plaine, elle traça un grand cercle hanté par la plainte de l'air brûlant où l'on entendait pour ainsi dire grésiller les herbes et où l'on voyait poudrer sans trêve la terre desséchée ; elle délimita dans la riche nature ce rond de malheur que l'on nomma le Desert Bowl. Et c'était bien en effet, à l'intérieur, l'aride désert !

Des fermiers partirent, abandonnant tout derrière eux, sauf quelques animaux squelettiques à demi morts de soif que l'on fit suivre à l'arrière de charrettes ou d'autos roulant au pas. Et rien n'était plus étrange à entrevoir à travers la terre volante que ces équipages à peine perçus et aussitôt perdus dans l'opacité du jour.

Partout battirent au vent les portes disjointes de maisons, de granges et d'étables. Leur battement, des grincements de poulie et la plainte parfois de quelque oiseau survolant le pays mort, voilà de quoi se composait, si l'on peut dire, l'affreux silence.

On ne saisissait nulle part de signes de vie, les maisons encore habitées ne se distinguant guère des autres avec leurs portes et leurs fenêtres bouchées contre la poussière qui réussissait pourtant à s'y infiltrer.

Parfois dans cette poussière en suspens, épaisse comme une brume, on apercevait, auprès d'une barrière tenant encore quelque peu, un pauvre cheval de ferme, aux flancs saillants, la tête penchée dans le vent, qui oscillait sur ses pattes. Traversait quelquefois ces solitudes une petite auto, vitres remontées, couverte de poussière à ne plus montrer sa couleur, qui s'en allait en crachotant, phares allumés en plein midi, vers Horizon.

Comme tout le monde, Sam Lee Wong espérait la pluie. Cent fois par jour il venait sur son seuil guetter une éclaircie dans le ciel couleur de terre.

La gare venait de fermer, faute de voyageurs. Jim Farrell, heureusement pour lui, avait pu trouver à se caser dans une région du nord de la Saskatchewan, moins éprouvée. L'acheteur de blé pour la Saskatchewan Wheat Pool fut congédié. On n'avait plus de blé à vendre. Deux préposés à l'entretien du chemin de fer, des habitués du café chinois, furent également remerciés. Pete Finlinson restait, mais ressaisi par sa sauvagerie, il retourna à ses repas solitaires et à ses éternels jeux de patience, son chat sur la table pour seul témoin

du jeu. Les jeunes avaient filé vers les villes en quête
d'emploi. Les bancs à haut dossier restaient presque
toujours vides maintenant. Peu à peu s'estompait même
l'odeur de bacon qui avait si longtemps régné par ici.
Elle se perdait sous la senteur plus forte des herbes
brûlées par le vent, de celle de la terre elle-même,
râpeuse, qui vous prenait à la gorge.

Chez Sam Lee Wong, c'était presque aussi morne que
dans les premiers temps suivant son arrivée à Horizon.
De loin en loin, couvert de poussière de terre, entrait
quelqu'un qui fermait vivement la porte derrière lui :
un agronome, un de ces experts dépêchés par le gouvernement pour voir s'il n'y aurait pas quelque chose
à tenter en faveur des gens ; ou encore, très rarement,
un commis voyageur ahuri qui s'était risqué trop loin
dans la tempête de terre pour retourner et n'avait eu
de choix que de continuer jusqu'au prochain village.

A part ces cas d'exception, Sam Lee Wong ne voyait
que Smouillya avec qui il passait des heures en tête à
tête, le bonhomme assis à califourchon sur une chaise
— enfin on pouvait prendre ici ses aises ! — et qui
recommençait dès le début le récit broussailleux de sa
vie. Par la sécheresse, autrefois, avaient commencé ses
malheurs. Par cette autre sécheresse, ils revenaient en
force. Par-delà les années, le malheur se donnait la
main — retour invincible des choses ! Smouillya y
voyait une fatalité l'absolvant en quelque sorte de
l'échec personnel, une fatalité fraternelle mettant tout
le monde sur le même pied. On eut même l'impression
à certains moments que la prodigieuse calamité rassu-
rait Smouillya.

Cependant, hébété, Sam Lee Wong fixait le regard sur la chaise de Jim Farrell, toujours s'ennuyant de sa Margot, quoi qu'il eût prétendu ; sur celle de Pete Finlinson. Il revoyait la grosse tête aux cheveux clairs ; il regardait aussi longuement du côté des bancs à haut dossier. Enfin, avec un soupir, il contemplait sous ses pieds le linoléum acheté à paiements échelonnés après que l'inspecteur d'hygiène publique l'eut sermonné sur le chapitre de la propreté. Hélas ! pas encore tout à fait à lui, le linoléum était déjà usé, surtout le long du comptoir et encore plus à la place de Finlinson qui avait l'habitude, en racontant ses souvenirs d'Islande, de gratter le plancher de ses bottines à clous.

Il arrivait alors à Sam Lee Wong, qui en avait pourtant vu bien d'autres, de laisser paraître sur ses traits comme une expression d'étonnement.

Avait-il beaucoup vieilli ? Il était difficile de l'affirmer. A son arrivée, déjà, il n'avait pas d'âge. Depuis il était devenu très maigre, tout à fait sec, fluet en vérité, mais si lentement que personne ne se le rappelait plus tel qu'il avait été naguère, quelque peu rondelet. Il avait acquis avec les années un tremblotement du menton, mou et affaissé, surtout lorsqu'il partait en rêverie, les yeux fixés du côté des collines que l'on ne distinguait presque jamais plus maintenant au fond de la tourmente comme d'une neige noire.

Lui si poli en était venu à paraître ne plus écouter le ronron inlassable du vieux Smouillya dont la vue heureusement baissait. Ce silence distrait du Fils du Céleste Empire, Smouillya le prenait pour la profonde attention souriante de naguère.

Le vieux partait tard, tout en annonçant tel un client fidèle, s'il serait là ou non, le lendemain, pour les repas.

Sam Lee Wong, derrière lui, restait un moment sur le seuil à chercher du regard, par habitude, le profil des collines.

Il avait vu bien des sécheresses dans sa vie. Leur souvenir remontait aussi loin que ses plus flous souvenirs. Sa vie elle-même semblait n'avoir été que sécheresse, en dehors de quelques moments de communication avec les autres. Pourtant on en sortait. Les hommes finissaient par en sortir. Sur le seuil, avant d'aller se coucher, il attendait longtemps. Parfois il arrivait que les collines ressortissent un moment au-delà des bancs de poussière. Sous la lune, le vent un peu apaisé, elles reparaissaient, juste le temps quelquefois de les apercevoir.

L'hiver fut rude. L'horizon, dégagé de poussière, devint précis, dur, coupant, et le froid sans plus de pitié que ne l'avait été la saison desséchante.

Smouillya, repris par sa vieille bronchite, ne put quitter sa cabane des semaines durant. Quand il en émergea, ce n'était plus qu'un paquet d'os dans un paquet de chandails enfilés l'un sur l'autre, le tout secoué par des quintes incessantes. Lui laissaient-elles un peu de répit, le bonhomme reprenait son antienne : de l'argent allait lui arriver d'un jour à l'autre ; un héritage, là-bas, lui était acquis ; la somme en poche, moins ses dettes à acquitter, il ficherait le camp de ce pays de malheur.

Par ces nuits d'hiver, le contour des collines sous la neige était doux à regarder. Il paraissait que c'étaient de très anciennes collines liées au plus vieux passé de la Terre. Sous les étoiles, avec leurs têtes rondes et blanches, elles éveillaient chez Sam Lee Wong une idée de vieillesse infinie, de passé profond, sans bornes, éternel, qui ancrait enfin l'errance de la vie.

Il redemandait alors à Smouillya s'il avait bien songé à envoyer la somme mensuelle pour le retour dans le cercueil. Smouillya grognait que c'était fait, pour ce que cela avançait vraiment le Fils du Céleste Empire.

Il partait en soufflant comme une forge, ses lainages serrés à pleines mains sur sa poitrine.

Sam Lee Wong retournait à sa contemplation des collines lointaines. Tout ratatiné, tassé sur lui-même, en les regardant de son seuil, Sam Lee Wong, immobile, à demi gelé, prenait lui-même la forme des choses soumises et usées par le temps.

Ce qui l'acheva ne fut pourtant pas les quatre années
consécutives de sécheresse. Il était fait pour y résister, rapetissé au possible, sans grand besoin de nourriture, et pour ce qui est des autres besoins, en avait-il
vraiment jamais eus ! Non, ce qui l'acheva ce fut la
prospérité soudaine.

Elle s'abattit pour ainsi dire comme une catastrophe
sur le pays appauvri que, du jour au lendemain, on
découvrit riche de pétrole, ici aujourd'hui, un peu plus
loin dans l'heure qui suivit, enfin presque partout à
trente, à quarante milles à la ronde.

Aussitôt la ligne rétablie, géologues et prospecteurs
arrivèrent à plein train. Puis une équipe de foreurs qui
logea comme elle pouvait dans les petites maisons du
village. La moindre chambre se louait des prix fous,
même un lit dans un coin de maison. Bientôt débar-
quèrent jusqu'à des sténodactylos. La gare bourdonnait
d'activité ininterrompue. La banque se réinstalla provi-
soirement dans une cabane depuis longtemps inhabitée,

cependant que s'élevait à côté sa future demeure en
panneaux de verre. Le village ressemblait un peu à ce
qu'il avait été lors de sa première poussée, au temps
pionnier, mais en plus agité, en plus fébrile.

Ainsi la demoiselle du téléphone, Amanda Lecouvreur ! Personne jusqu'ici n'avait eu la vie plus facile,
un appel par-ci un appel par-là. Entre-temps, elle
avançait son tricot, elle mettait sa soupe au feu, elle
somnolait un peu et, les jours trop vides, elle sonnait
dans des fermes lointaines pour s'informer : « Y a-t-il
par chez vous du neuf ? » Or voici que sur son tableau
s'allumaient sans trêve les voyants. On lui demandait
Regina, Moose Jaw, Swift Current. En dix minutes,
on lui demandait plus de lignes que naguère au cours
d'une année entière. La Compagnie du téléphone, harcelée par la Compagnie d'huile elle-même harcelée par
Regina, menaçait Amanda de la remplacer par quelqu'un de plus efficace.

La vieille fille placide devint brusque, irritable, ner-
veuse, un peu plus efficace en effet, ne prenant plus
des nouvelles de la santé ni des affaires personnelles,
attentive seulement aux affaires tout court. Elle cessa
de voir des humains derrière les feux d'appel et dans
toutes ces voix connues et inconnues qui se croisaient
dans son écouteur. Cependant, rémunérée au pour-
centage sur les appels interurbains, elle faisait fortune.

Sam Lee Wong aussi récolta pendant quelques mois
une part des profits qui pleuvaient sur le village. Le
café ne désemplissait pas. Sam Lee Wong s'était fait
à une clientèle raisonnable qui acceptait sans trop re-

chigner ce qu'il avait à offrir : des œufs frais quand
il venait d'en acheter, un peu moins frais par la suite.
Et voici que d'une même tablée on lui commandait
d'une part un steak à point, d'autre part un steak saignant, et d'autre part encore un steak à demi saignant.
Sam Lee Wong partait à la course, yeux rivés intérieu-
rement pour mieux se graver les commandes dans l'esprit, et il y serait peut-être parvenu, mais comme il
passait à une autre table quelqu'un faisait claquer ses
doigts et exigeait :

— Hé, Charlie ! un café !

Pourquoi aussi se mettre à l'appeler Charlie ? Cela
achevait de l'égarer.

Ailleurs, on lui demandait de l'eau à la glace. De
l'eau bien froide et sans aucun mauvais goût, Charlie
en avait dans son puits en arrière. Mais il fallait compter cinq minutes pour y laisser descendre un seau et
l'en remonter plein. Pendant ce temps les steaks étaient
tous cuits pareillement.

— Je t'avais pourtant demandé un steak saignant.

— On est pressé, disaient-ils presque tous.

— Allons, c'est pour demain l'ice-cream ?

Quelques-uns osaient le rappeler pour passer un tor-
chon sur la table un peu graisseuse. D'autres récla-
maient des fourchettes « propres ».

Un jour on vit Sam Lee Wong se livrer à un geste
tout à fait hors de son caractère. Il s'arrêta de courir,
resta sur place, se prit la tête entre les mains et regarda
avec des yeux vides devant lui comme pour faire jaillir

quelque chose à lui, une idée, une image tout au moins qui le rattacherait à sa propre personne. Il demeura ainsi figé, absent, déconcertant à la fin au milieu de gens qui n'avaient pas une minute à perdre. Puis il redevint celui que l'on connaissait depuis que les affaires marchaient si bien, un Chinois soucieux, un peu affolé, ne souriant plus et parfois même osant élever la voix : « Si vous pas contents... y a porte ! » Mais cette phrase, il faut le dire, il l'avait entendue tomber mille fois des lèvres de Smouillya et avait fini un jour par la faire sienne sans trop s'en apercevoir.

Sur ces entrefaites arriva dans Horizon une cuisine mobile plaquée de chrome et d'aluminium, pourvue d'eau chaude et froide, même d'un réfrigérateur. La Compagnie fit également venir des roulottes-dortoirs.

Puis, un midi, une jeune femme étrangère commanda au café un repas qu'elle ne toucha pas. Au lieu de manger elle écrivit dans un calepin. Sam Lee Wong rôda à quelque distance d'elle, désireux de lui demander pourquoi elle ne touchait pas à son repas, et ne l'osant pas. Jamais il n'avait subi pareil affront. Enfin la jeune personne se leva de table. Elle paya le repas qu'elle n'avait pas touché et s'en fut sans un mot. Était-elle du service de la Santé ? Fit-elle un rapport ? En tout cas, peu après l'inspecteur revint pour une visite. Il ne s'était jamais montré très sévère dans ses remontrances. Sam Lee Wong l'accueillit humblement, sans trop de crainte cependant. D'instinct, il reprit son anglais le plus bas.

— You make... trip... good ?

L'inspecteur repoussa quelque peu Sam Lee Wong.
Il s'en fut passer le doigt ça et là sous les tables où
des gens avaient collé du chewing gum usé, puis sur
le comptoir, qu'il ramena gras.

— Not much time clean lately, s'excusa Sam Lee
Wong. All the time rush, rush, rush !

Les sourcils froncés, l'inspecteur se dirigea vers le
réduit au fond de la salle ; il reluqua le contenu d'une
casserole, goûta une soupe noirâtre, fit la grimace...

Une tenture poisseuse isolait de ce réduit, qui était la
cuisine, un plus petit réduit. Sans gêne, l'inspecteur la
souleva, jeta un coup d'œil sur ce recoin grand comme
la main. Quelques vêtements pendaient à des clous au
mur. Une très petite fenêtre aux carreaux rafistolés avec
des bouts de papier laissait passer, à travers une épaisse
couche de suie, un peu de jour. L'inspecteur se pencha,
regarda sous le grabat, cueillit quelques rouleaux de
poussière, fouilla le pauvre lit et son unique couverture
grise tout en détournant les narines comme pour prendre ici le moins d'air possible.

Inquiet de la tournure que prenait cette visite, Sam
Lee Wong promettait un grand ménage pour pas plus
tard que demain.

— Me buy soap very strong and all scrub.

L'inspecteur ne parlait toujours pas, sauf des yeux et
des lèvres pleins d'une forte désapprobation. Enfin,
ayant fait asseoir Sam Lee Wong pour recevoir le coup,
il lui apprit ce que voici : à moins de tout remettre à
neuf, le plancher moisi, la cuisine pourrie, les cloisons

encrassées, enfin tout et tout, le Chinois se verrait retirer son permis de restaurant.

Sam Lee Wong n'était pas encore désemparé. Plus d'une fois tout de même il s'était vu chapitré sur la question de la propreté ; puis on l'avait laissé tranquille. Il est vrai cependant que l'inspecteur pour la première fois aujourd'hui s'était donné la peine de regarder dans les chaudrons et sous le lit. Or, comme par un fait exprès, Sam Lee Wong, découragé ce matin-ci, avait négligé de recouvrir le grabat de sa couverture, laquelle, convenablement tirée, rejoignait le plancher et empêchait de voir la poussière sous le lit. Il s'imagina que le malheur pouvait avoir partie liée avec cette infime négligence, et se hâta de faire proprement son lit. Puis il ferma le restaurant, laissant, pendue à la porte, une pancarte où il était écrit dans la belle écriture de Smouillya : « Parti pour affaires sérieuses. De retour dans quelques heures. »

Il allait à pas courts, déshabitué de la marche, et un peu ébloui de se trouver dehors en plein jour, lui qui depuis des années n'avait pour ainsi dire pas mis le nez plus loin que son seuil. Aussi fut-il tout bouleversé par les changements survenus dans le village sans qu'il y eût pris garde. Des derricks s'élevaient partout dans la plaine. Des hommes, huileux de la tête aux pieds, s'agitaient au bas des foreuses. Autrefois, dans le vent ensoleillé, au temps des moissons ondulantes, il lui sembla que ç'avait été plus réjouissant. Il se rappela les champs de blé à l'infini, et crut s'apercevoir qu'ils étaient quelque peu tissés à son existence, de même que les douces collines lui revenant encore quelquefois à la mémoire. Alors il prit conscience avec détresse qu'il avait été heureux d'une certaine manière, entouré de ces grands espaces purs de son pays d'adoption, mais que, semblable en cela à la plupart des hommes, il avait laissé passer le bonheur sans le reconnaître. Peut-être aussi fallait-il l'avoir perdu pour savoir que c'était le bonheur.

Il ne rencontra d'abord personne qu'il connaissait ou qui le reconnaissait. Quelques-uns l'eussent peut-être reconnu s'ils avaient seulement pu imaginer possible de le voir marcher au dehors en plein jour comme tout le monde.

Alors, doucement, Sam Lee Wong se sentit pris d'un grand et doux amour triste pour les choses d'autrefois, le petit village silencieux où l'avait mené le souvenir des collines peut-être entrevues au début de sa vie, et les gens d'alors, et la cordialité d'alors !

Du moins la même poussière chaude qu'autrefois l'enveloppait. Il arriva chez le propriétaire à qui fidèlement il avait remis chaque mois par la poste le prix du loyer, d'abord dix, puis quinze, puis, tout à coup, dernièrement, vingt-cinq dollars.

Avec une certaine autorité tout d'abord, il parla des réparations qu'exigeait l'Hygiène et dont il était prêt à assumer une partie des frais, si le propriétaire, à qui resterait le local amélioré, voulait bien en assumer sa part.

Celui-ci regardait ailleurs, en silence, l'air embarrassé. Enfin, finit-il par expliquer, la Compagnie venait de lui offrir trois mille dollars rien que pour l'emplacement du café — la bicoque devant être rasée. La visite de son locataire arrivait donc à point. Elle lui épargnait de se rendre au village pour le tenir au courant du marché qui allait être conclu. Il était désolé, mais Sam Lee Wong trouverait peut-être ailleurs, encore que ce qui restait de terrain libre le long de la rue principale eût déjà atteint des prix inabordables. Il était désolé, vraiment désolé ! Cependant, qui sait, cette affaire était peut-être un mal pour un bien ! Tant de fois, au cours de la vie, on s'installait dans une routine sans trop s'apercevoir qu'on pourrait en sortir tout à son avantage. En tout cas, il souhaitait bonne chance à Sam Lee Wong... et, oh, by the way, lui serait-il possible d'évacuer le local un peu avant le délai de trois mois fixé par la loi ?... On le dédommagerait en conséquence...

Sam Lee Wong revint si abasourdi qu'il ne prit pas garde à ce que, cette fois, plusieurs personnes eurent l'air de le reconnaître, mais dans l'étonnement le plus complet. « Comment, il est donc toujours par ici ! Il y a été toutes ces années sans qu'on le voie véritablement ! » Voilà ce qu'avaient l'air de penser les gens. Il avait fallu cette trotte en plein jour d'un bout à l'autre du village pour qu'on reprît conscience de la présence à Horizon du Chinois.

Des enfants étaient à la récréation comme le jour de son arrivée. Qu'est-ce qui les prit tout d'un coup ? Ils vinrent entourer Sam Lee Wong de leur ronde, en chantant : « Chine, Chine, Chine ! » Sam Lee Wong fit effort pour prendre part à la plaisanterie. Est-ce qu'il arrivait aujourd'hui seulement à Horizon ? Un instant tout se brouilla dans sa tête. Il faillit retourner d'où il venait, annoncer son intention de prendre en location la grainerie à l'abandon. Il se dit aussi qu'il faudrait acheter du savon fort. Puis il chercha dans ses poches des bonbons pour apprivoiser les enfants. Il n'y trouva que des bouts de papier lui ayant servi d'aide-mémoire au temps où il se fixait des phrases à apprendre dans la journée et qui seraient de nature à faire plaisir. « Il fait beau aujourd'hui. » « Le printemps arrive. » La mémoire lui revenait peu à peu des années écoulées, du temps à jamais aboli, et son regard comme un appel au secours s'en alla chercher, au bout de la plaine, la douce ligne ondulante des anciennes collines.

Le goût de lutter le remua quelque temps. Mais comment s'y prendre ? Ecrire à la Société d'Aide aux Fils d'Orient ? Tout s'était terminé depuis si longtemps entre lui-même et la Société — en fait depuis qu'il avait versé le solde de sa dette. Ecrirait-il de nouveau que la Société, n'ayant plus aucun souvenir de lui, serait justifiable de se demander : « Qui est ce Sam Lee Wong qui veut de l'argent ? » Ou, si elle se souvenait encore de lui, elle aurait de bonnes raisons pour dire : « Comment ! Il veut encore de l'aide, celui-là ? »

Combien au juste ? Sam Lee Wong essaya de dresser un calcul. Il pensa au prix offert au propriétaire rien que pour le terrain, calcula qu'une installation moderne en coûterait tout autant, et en perdit la tête. Il n'était pas habitué à jongler avec pareilles sommes.

Peut-être, se dit-il de lui-même, si Sam Lee Wong arrivait aujourd'hui dans ces riches temps d'Horizon, mais jeune et entreprenant comme il était alors, peut-être pourrait-il brasser de grosses affaires. Ce Sam Lee Wong-là saurait s'y prendre. Il ouvrirait un restaurant aux lumières néon, avec une hotte d'aération, même un w.-c. intérieur, et peut-être aussi deux ou trois chambres à l'étage pour les présidents des Compagnies. De belles chambres, chacune pourvue d'un lavabo. Le grand luxe ! Il rêva un moment de ce Sam Lee Wong jeune se colletant avec la difficile vie d'aujourd'hui, alors que lui-même restait en dehors, spectateur accablé.

Car, écrire à la Société d'Aide, il ne pouvait s'y résoudre. Lui écrire : « C'est encore moi, Sam Lee Wong, qui ai besoin d'un prêt. » — Comment ! répondrait la Société. Tu as pourtant eu ta chance, Sam Lee Wong. — C'est vrai, répondait Sam Lee Wong en penchant la tête, j'ai eu ma chance.

Il se voyait mal s'immisçant dans la file qu'il imaginait toujours ininterrompue depuis le pont du navire jusqu'aux postes perdus du pays riche d'espace. Il ne se voyait pas volant la place qui revenait à un autre, tout pareil à ce qu'il avait été, un autre lui-même au fond.

VIII

Il n'y eut que Smouillya pour s'apercevoir que dépérissait davantage le maigre Sam Lee Wong, qu'il était malade de penser, ne dormant plus, mangeant de moins en moins, quoique ayant toujours le sourire, mais un sourire que sa douce humeur d'autrefois semblait, en se retirant, avoir oublié derrière elle comme la mer son empreinte sur le sable.

Au temps de la sécheresse, Smouillya ne s'était pas senti trop malheureux, tous alors étant plus ou moins dans le même sac. Mais, maintenant que les gens roulaient dans des Buicks, passaient à la banque à tout instant, projetaient des voyages au Texas, comment ne pas se reconnaître seul de son espèce ! Se reconnaissant abandonné, Smouillya s'attarda à penser à ce que devait être le sort de Sam Lee Wong. Il réussit à le faire parler. Il apprit l'inextricable nœud de difficultés dans lequel se débattait le Chinois. Rempli d'indignation et de l'énergie qu'elle communiqua à son corps débile, il partit aussitôt dans la rue principale alerter tout le monde, secouer les gens, interpeller celui-ci, celle-là, crier à chacun, écoutez, il faut faire quelque chose pour Sam Lee Wong, bougre d'affaires ! Il y a vingt-cinq ans qu'il vit parmi nous, c'est un de nous, on ne peut tout de même pas le laisser périr sans aucune espèce d'aide de notre part, allons un bon mouvement, ensemble faisons quelque chose pour Sam Lee Wong !

D'abord, quand ils virent foncer sur eux le vieux Smouillya, les gens tentèrent de s'esquiver, pensant : « Bon ça y est, il a tout un discours à nous servir, sauvons-nous au plus vite ! » Mais Smouillya les retenait par la manche ou carrément leur barrait la route. Et parlait, parlait ! Au son du vent chaud il racontait avec talent la misérable histoire, tout en postillonnant au visage des gens qui reculaient, cependant que lui avançait, en sorte qu'ils étaient toujours à peu près à égale distance l'un des autres. Et tout ce temps, les yeux de Smouillya, pleins d'une surprenante éloquence, quémandaient l'attention comme jamais encore. Mais c'était peine perdue. Personne ne le comprenait. Il essaya l'anglais. S'il y a quelque chose, ce fut pire. Par politesse ou lassitude, quelques personnes se donnèrent la mine de comprendre, mais dans leur regard Smouillya saisissait qu'il n'en était rien, et il fut saisi d'une sorte de désespoir.

Où aller ? De qui se faire entendre ? Tout d'un coup il perçut un rayon et courut d'un trait à la centrale téléphonique. Au temps où il était beau garçon et où l'on passait sur son défaut de prononciation, il avait courtisé la demoiselle Lecouvreur, qui l'avait aimé, ce n'était pas impossible de le croire. Il surgit devant elle, lui

cria par-dessus les sonneries : « Amanda ! Amanda !
avec le cœur que vous aviez autrefois, de grâce écoutez-
moi. Ecoutez ce qui arrive à Lee Wong. »

Amanda, la tête enserrée par l'écouteur, l'air d'un
voyageur sur son départ, aviateur ou plongeur sous-ma-
rin, fronça les sourcils, se disant si je commence à l'écouter où est-ce que ça va me mener, il sera encore là demain. Pourtant, saisie d'on ne sait quel intérêt subit,
elle débrancha le réseau et enleva l'écouteur.

— Bon, faites vite. Ça peut me coûter mon emploi,
moi, de vous écouter.

Alors, avec un peu de remords peut-être, Amanda
s'aperçut qu'en lui accordant une complète attention on
pouvait, par-ci par-là, saisir quelques mots du baragoui-
nage. Peut-être le vieux faisait-il l'impossible aujour-
d'hui pour se faire comprendre. Amanda, suivant le
mouvement des lèvres, remontant aux yeux dont l'expression suppléait au sens, commença à attraper le fil
du débit cahoteux. Elle finit par entendre qu'il s'agissait de Sam Lee Wong, que celui-ci devait partir, mais
tout le reste elle le comprit de travers ; elle comprit
que Sam Lee Wong se retirait des affaires pour rentrer
en Chine. Et elle dit : « Bon, laissez-moi tout en main.
J'en fais mon affaire, je vais m'en occuper... » et rentra
dans son écouteur.

Elle avait déjà décidé, puisque Sam Lee Wong était
sur son départ, qu'on ne pouvait en effet le laisser partir sans l'honorer d'une fête. Il n'y avait rien qu'Aman-

da, naguère, au temps où sa vie était monotone, avait aimé autant que d'organiser des fêtes : d'arrivée et de départ ; de noces de papier, de fer-blanc, d'or et d'argent ; des jubilés de toutes sortes.

Or une part de cette ancienne ferveur la ressaisit à neuf. Elle fit languir pendant quelques minutes les *executives* de Calgary, Moose Jaw, Swift Current, tandis qu'elle s'occupait à rejoindre par téléphone le plus de monde possible dans le village et dans les fermes.

Au fur et à mesure qu'elle exposait son programme de fête en l'honneur de Sam Lee Wong, il prenait de l'ampleur et elle-même se piquait au jeu.

— Il y aura bientôt vingt-cinq ans, disait-elle, que Sam Lee Wong vit parmi nous. On peut dire qu'il est un ouvrier de la première heure, an old timer. Allons-nous laisser nous quitter an old timer sans faire revivre un peu le bon vieux temps auquel il a participé ?

Le bon vieux temps ! Enrichis, les gens y songeaient maintenant avec nostalgie. Amanda les eut tous en faisant vibrer cette corde. Amitié, loyauté, fidélité envers le bon vieux temps ! Cette émotion ressuscitée profita à Sam Lee Wong. Il allait partir ! Alors impossible de ne pas lui en marquer du regret.

Aussitôt se découvrirent des bonnes volontés. Mrs. Connolly se chargerait des gâteaux et des cookies, Madame Toutant, de la dinde. Un comité d'honneur se forma. Il retint la salle municipale pour la soirée du deuxième samedi de novembre. Et en attendant, motus ! pas un mot pour gâter la surprise au cher Sam Lee

Wong. Une de ces dames du comité, par égard pour l'origine de Sam Lee Wong, conçut le projet de faire décorer la salle de lanternes chinoises. Projet adopté à l'unanimité ! L'exécution fut confiée à la maîtresse d'école qui en trouva un modèle dans l'Encyclopedia Britannica. Elle en fit découper en quantité par ses élèves dans du papier de couleur vive. La classe était tout à la joie. Les enfants coupaient, assemblaient, collaient le papier d'après le modèle. La maîtresse profita de l'occasion pour évoquer quelque peu la Chine, grand pays producteur de riz, souvent inondé ; pour parler des mandarins et des coolies, ceux-ci traînant ceux-là en pousse-pousse.

Le difficile, bientôt, fut d'empêcher le programme de grandir encore et encore, le village n'ayant pas eu de départ à célébrer depuis longtemps. Pourquoi ne pas retenir un petit orchestre pour des *square dances* comme naguère ! Ce fut fait. On loua un violoneux puis un *caller* qui n'avait pas son pareil pour animer les vieilles danses. On demanda quelques mots de circonstance à monsieur le curé. Baptistes, catholiques, luthériens, Suédois, Finlandais, Russes, Français, tous trouvèrent excitant d'entrer dans l'esprit de cette fête. D'abord, elle avait un aspect d'originalité peu commun. Fêter un Oriental, c'était en quelque sorte témoigner d'un sens cosmopolite rare, c'était élargir considérablement les frontières de Horizon. Et puis, l'honneur revenait à Sam Lee Wong qui avait traversé avec eux les mauvaises comme les bonnes années, tout un quart de siècle, cela frappe dans une province telle que la Saskatchewan qui n'en compte guère plus elle-même.

Mais qu'offrir au cafetier en guise de cadeau d'adieu ?
La lutte fut chaude. Que n'avait-on écouté les plus sages qui tenaient pour une somme d'argent ! Hélas ! ce
fut le choix de l'éternelle montre en or qui prévalut.
Avec une chaîne en or également et tout le tralala ! On
la commanda à un joaillier de Moose Jaw. Le nom de
Sam Lee Wong devait y être gravé.

Alors on commença de suspendre les lanternes dans
la salle. Elles firent le plus bel effet. Le vieux Smouillya retenait toujours sa langue, quoique à grand peine,
car, voyant Sam Lee Wong s'abîmer dans la tristesse, il
éprouvait de plus en plus fort le goût de l'en sortir en
lui annonçant les joies qui l'attendaient.

IX

L'automne passa vite. Déjà, ce samedi-là, il faisait un temps d'hiver. Dans la mauvaise cabane de Sam Lee Wong on entendait détonner les clous de la cloison sous l'effet du froid sec. Il était tout seul à l'une de ses petites tables ; de temps à autre il levait les yeux et souriait vaguement avec l'air de suivre du regard quelqu'un qui serait entré et aurait été s'asseoir au fond de la salle. C'est tout juste s'il ne se mettait pas, dans son ennui, à parler à voix haute à ces hôtes imaginaires, tous fantômes du passé. Au fond, Sam Lee Wong avait une excellente mémoire. Il n'avait pour ainsi dire oublié aucun de ceux qu'il avait vus entrer dans son restaurant, n'eût-ce été que pour acheter un paquet de cigarettes, mais évidemment, ce soir, c'était à ses habitués qu'il parlait en imagination. Il évoquait les clients soigneux et déférents, ceux qui disaient merci, leur soupe servie — c'était peu de chose, mais Sam Lee Wong se le rappelait encore —, ceux qui encochaient la table de la pointe de leur canif ; à tous il pensait avec presque

la même égale nostalgie. Et tout à coup la porte s'ouvrit au grand froid et Smouillya parut, tout propre,
méconnaissable, la barbe faite, les cheveux bien peignés,
qui s'en fut derrière la cloison prendre le bon habit de
Sam Lee Wong pour le lui apporter disant : « Allons,
mets-toi aussi sur ton trente-six. C'est une nuit spé-
ciale ! »

Et Sam Lee Wong pensant que c'était une farce de
Smouillya et que c'était bon de le voir joyeux, fit comme celui-ci le demandait. Il endossa le complet tellement large maintenant sur lui que les voilà tous deux
malgré tout partis à rire, un peu par nervosité mais aussi
parce que c'était drôle, Sam Lee Wong devant marcher
à pas courts pour ne pas perdre son pantalon. Smouillya le lui arrangea avec une ficelle serrée à la taille. Et
les voilà dehors, marchant lentement à cause du pantalon flottant, sur une neige qui criait à petits cris doux
sous leurs pas. Il y avait un air de fête dans l'air, les
étoiles brillaient vivement, de même qu'au loin les fenêtres de la salle municipale. Sam Lee Wong ne s'en
étonna apparemment pas, ni d'ailleurs d'être entraîné
de ce côté-là par Smouillya qui riait sans arrêt. Il y
avait ce petit air de fête dans l'air, et dans le cœur de
Sam Lee Wong un allègement qui y correspondait
quelque peu. Car hier il avait entrevu une manière de
solution. Pourquoi en effet ne pas céder la place à un
Chinois jeune et entreprenant tel le Sam Lee Wong
d'autrefois, tandis que lui-même se ferait blanchisseur ?
Avec tous ces nouveaux riches à Horizon, il ne man-
querait pas de chemises fines à laver et repasser à la
main. Et, s'il avait pu apprendre jadis le métier de

cafetier, pourquoi ne réussirait-il pas à se faire à celui de blanchisseur, à tout prendre bien moins compliqué ?

Si grand était son soulagement qu'il eut le désir de s'en ouvrir à Smouillya. Mais c'était au tour de Smouillya, dans sa joie folle de préparer une surprise à Sam Lee Wong, de ne plus écouter personne, encore moins le pauvre Sam Lee Wong trottinant à ses côtés.

Ils entrèrent l'un derrière l'autre dans la salle joyeusement parée et pleine de gens aux visages réjouis. Des applaudissements éclatèrent. Sam Lee Wong sourit à gauche, à droite, à tout ce monde qui, n'était-ce pas curieux ? semblait lui adresser le même regard chaleureux, mais ce devait être plutôt à Smouillya. Alors commença une musique entraînante. En même temps les gens se rapprochèrent de lui pour l'entourer tout en chantant : *For he's a jolly good fellow... a jolly good fellow....* Puis, de nouveau, des applaudissements ! Les gens riaient en voyant l'air de Sam Lee Wong, lui donnaient des tapes amicales sur l'épaule, et lui aussi se mit à rire un peu, cependant qu'une angoisse commençait à monter dans ses yeux.

Ensuite Amanda vint le prendre par la main pour le conduire sur l'estrade où étaient déjà montés les dignitaires. Et le voilà assis entre monsieur le curé et le maire, exposé à tous les regards, cherchant du moins à leur dérober ses pieds sous la chaise, car il s'était changé de tout sauf de souliers.

Le maire prit la parole. Il parla assez longuement de quelqu'un qui était arrivé vingt-cinq ans auparavant à Horizon, alors que le hameau, on s'en souvient, n'était rien du tout, et qui avait travaillé fermement avec les autres à en faire le beau et grand village prospère d'aujourd'hui. Donc un homme qui avait apporté sa pierre à l'édifice, mis l'épaule à la roue ! De retour dans le pays qui l'avait vu naître, honorablement retiré des affaires, il pouvait être assuré qu'il laissait derrière lui un souvenir durable.

Applaudissements ! Sam Lee Wong allait se mettre à battre des mains comme les autres, mais se retint, traversé tout à coup d'un mystérieux effroi. Le curé à son tour prit la parole et encore une fois il fut question de départ, d'honorable retraite, de souvenir qui ne pouvait s'effacer.

Puis une petite fille en robe blanche, les cheveux retenus au sommet de la tête par une boucle de ruban, fit une révérence à Sam Lee Wong et lui déposa entre les mains une mince boîte enveloppée de papier fin. Il vit, au regard des dignitaires, qu'il devait ouvrir le petit paquet. Sam Lee Wong regarda longuement la montre en or. Il la passa au maire qui la passa au curé qui la redonna à Sam Lee Wong. Chacun revint alors vers lui pour lui serrer la main. Tous lui frappèrent l'épaule et lui souhaitèrent : « Bon voyage, Sam Lee Wong ! Une heureuse retraite ! »

Rentrant seul chez lui par la nuit glacée, abandonné même de Smouillya qui, ayant bu quelques verres, s'était senti mal, seul sous la voûte du ciel si palpitante d'étoi-

les qu'elle éveillait l'idée de l'incommensurable exil
de l'homme sur terre, Sam Lee Wong comprit enfin à
peu près clairement ce qui lui arrivait. Il allait devoir
partir. Car c'était lui à qui on avait dit adieu. Lui que
le maire avait félicité. Lui que le curé avait exalté.
Après cela que faire ici ? Son regard s'abaissa vers le
sol et parut s'éteindre à jamais.

Car, quelquefois, tout en dehors du village qu'il se
fût toujours tenu, il avait vu se produire ce singulier
enchaînement de circonstances : quelqu'un était porté
aux anges ; puis presque aussitôt il prenait le train ; il
s'en allait assez loin pour qu'on n'entende plus jamais
parler de lui. Ce devait être la loi non écrite de par
ici. Qu'un village entier se mette soudainement à aimer
quelqu'un publiquement, et celui-ci n'avait plus qu'à
quitter les lieux.

Partir ! Certes, Sam Lee Wong en avait accueilli
l'idée, mais comme aventure terminale. Quand la courte vie d'ici-bas serait finie. Quand le temps serait venu
d'aller, dans son cercueil, rejoindre les aïeux. Hors eux,
qui donc en effet se souciait de le voir revenir dans la
grande Chine populeuse ? Et eux-mêmes, les aïeux,
dans leur pesant sommeil n'avaient-ils pas aussi fini par
oublier leur enfant perdu ?

X

Ces légères collines à faible distance du village, qui avaient de si loin attiré Sam Lee Wong, qu'il était venu presque chaque jour contempler de son seuil, il n'avait cependant jamais trouvé moyen au cours de toutes ces années à Horizon d'y aller une seule fois en simple promeneur. Et voici qu'il les traversait assis tout à son aise dans le train, sa vieille valise à côté de lui sur la banquette, à ses pieds un gros paquet ficelé.

Quelques-uns de ses anciens clients accourus lui dire adieu à la gare avaient marqué de l'étonnement de lui voir prendre la direction Est pour retourner en Chine. N'eût-il pas été plus court de partir comme il était arrivé, via Vancouver et l'océan Pacifique ? Mais peut-être aussi, s'était-on dit, Sam Lee Wong, avant de quitter ce pays, avait envie d'en voir enfin quelque chose.

Tant qu'il avait été visible aux amis qui, pour se réchauffer, battaient la neige durcie de leurs pieds, tout en criant à travers l'épaisse buée de leurs haleines : « Happy landing ! Charlie... » Sam Lee Wong avait presque réussi à entrer dans l'effervescence heureuse de

son départ. Puis, il s'était surpris à adresser des sourires
et des saluts de tête aux clôtures et aux champs qui
avaient commencé de défiler à ses yeux, mais bientôt la
vieille fatigue de toujours, en lieu des saluts et des sourires, était revenue s'inscrire sur ses traits. Peu après le
train peina dans la pente qui montait au petit massif
isolé. Sam Lee Wong s'était aussitôt rapproché de la
vitre afin de bien voir enfin les chères collines qui
l'avaient en quelque sorte toute sa vie envoûté, sans plus
parvenir toutefois, pour les y relier, à retrouver celles
de l'enfance qui s'étaient comme dissoutes en celles-ci.

Il vit, inscrit sur l'horizon, un lent mouvement saisi
et pour toujours retenu qui n'arrêtait pas, on eût dit,
de bercer la vieille détresse des hommes. La neige les
recouvrait. Elle arrondissait davantage les têtes rondes,
leur attitude patiente, à l'écoute de quelque longue histoire montant du creux des vallées. Sur le versant protégé, de petits arbres portaient en branches des feuilles
brunes et racornies qui frémissaient encore, comme d'un
reste de vie, à l'air vif. Sam Lee Wong n'aperçut ni
maisons ni dépendances d'aucune sorte. Le bizarre était
qu'il y eût seulement un chemin de fer pour traverser
pareille sauvagerie.

En fait, il ne la coupait qu'en son plus court, d'un
tronçon qui allait au plus vite rejoindre la ligne principale, dont la construction, de même que celle d'une
station d'arrêt, avait été décidée naguère par la présence
dans ces collines de quelques très beaux ranches. A
présent il n'en restait pour ainsi dire rien. Le train
brûla la station d'arrêt. Peu après, il sortit du massif
et entra dans une plaine si curieusement pareille à celle

du versant opposé que Sam Lee Wong cligna des paupières, comme dans le doute de ce qu'il voyait. Même
immensité rase. Même faible pointillé des piquets de
clôture émergeant tout juste de la neige et formant
comme la trace d'une bête qui aurait couru en ligne
droite sur la blanche étendue. La vie humaine reprit
avec de frêles hameaux puis des villages démunis. Sam
Lee Wong scrutait de loin le profil de chacun. Il
guettait celui qui lui ferait une bonne impression. Il
espérait un village assez important, pas trop cependant,
juste assez pour faire vivre un cafetier. Du chef de
train qui passait de temps à autre, intrigué par l'allure
de çe Chinois tout d'abord abattu, à présent surexcité,
il avait appris que les cinq ou six premiers villages de
ce côté-ci des collines étaient sans restaurant, deux
d'entre eux pouvant à la rigueur convenir à un cafetier,
si celui-ci, bien entendu, n'en demandait pas gros.

Or le train ralentissait justement à l'entrée d'un de
ces villages réunissant les conditions requises. Sam Lee
Wong distinguait une grand-rue enneigée, de petites
maisons de bois sur un seul côté, des tours à blé, bref
un paysage aussi familier que son souvenir de Horizon
à l'époque où il y était descendu... Mais ç'avait été par
un jour ensoleillé de septembre, alors qu'aujourd'hui
le vent soufflait en rafales glacées. N'importe ! Sam
Lee Wong se hâta de transporter au marchepied sa
valise et son gros paquet. Il fallait faire vite. Le train
n'arrêtait guère plus d'une minute ou deux à ces gares
quasi inanimées. Sam Lee Wong, de justesse tirait ses
effets sur le quai, lorsque accourut du wagon voisin le
chef de train qui décrivait de grands gestes de protes-
tation et criait :

— You not get off here. Ticket good yet.

Du quai, pour rassurer cet homme bon qui paraissait se faire du souci à son égard, Sam Lee Wong cria à son tour :

— Me not wish go further. Here all right ! Very all right !

Le chef de train eut un geste des bras levés vers le ciel comme pour dire : « Qu'est-ce qu'on peut faire ! » Et qui semblait sous-entendre : « Pour les humains ! » Le train déjà reprenait de la vitesse. Derrière lui, il laissait seul, infiniment visible dans la blancheur mate de ce jour sans lumière, la frêle silhouette embarrassée de ses paquets. Un coup de vent gonfla l'écharpe grise et l'enroula autour du visage de Sam Lee Wong qui marcha à tâtons pendant un moment. Enfin il atteignit la gare, posa ses effets au ras la façade et écarta l'écharpe qui voilait en partie son regard. Il se trouva à sonder de l'œil des lointains implacables et hurlants. Il traversa une haute houle de neige rejetée sur le bord de la grand-rue. Il atteignit le passage foulé qui indiquait le trottoir. Il s'y arrêta pour vider un de ses souliers de feutre rempli de neige. Puis il partit à la recherche d'un local à louer. Cela ne semblait pas devoir être difficile à trouver, une bonne partie du village étant à l'abandon. Pour tout luxe, il comptait, dépassé sa vingtaine de maisons, un peu en retrait dans les champs, la longue hutte à toit de tôle ondulée du curling. Un bon signe cela, qui promettait des clients le soir, la partie finie ! Et, de fait, ce même soir, des villageois en rentrant du curling et apercevant de la lumière dans l'ancienne grange déménagée au village, il y avait quelques années, pour servir de bureau à l'agronome itinérant, se dirent : « Tiens, ce sera agréable, après le jeu, de s'arrêter pour un sandwich et un café ! »

A la lueur d'une ampoule nue suspendue, au bout de son fil, au plafond, ils distinguèrent un vieil homme aux yeux bridés, en tablier, qui lavait, nettoyait, s'installait comme un oiseau fait son nid au hasard du monde. Quelques-uns eurent l'idée d'aller lui donner un coup de main, lui souhaiter au moins la bienvenue. D'autres les entraînèrent, disant : « Ah come on ! With these Chinks, when they get old, one never knows. They sometimes get cranky. Let's wait a while anyhow. »

A quelques jours de là, un beau matin, dans la vitre fraîchement lavée — moins imposante toutefois qu'à Horizon — on put lire, tracée au savon, l'enseigne suivante :

RESTAURANT SAM LEE WONG
FULL COURSE MEALS
SNACKS
SOFT DRINKS

Et, en caractères plus petits dans un coin:
ICE-CREAM, SODA, CIGARS

Lui-même, Sam Lee Wong, en tablier, son écharpe grise au cou, se tenait, malgré le froid vif, à sa porte entrebâillée, dans l'attente d'un premier client. Il savait de longue date qu'une porte entrebâillée c'est déjà la moitié de la partie gagnée. Personne malgré tout ne se présentant, il eut loisir, tout en soufflant dans ses doigts

pour les réchauffer, de rêver un peu en regardant au
loin, par-delà la plaine enneigée.

Et alors, ô miracle ! de son seuil nouveau il découvrit qu'il distinguait tout aussi bien qu'auparavant, mais
dans la direction opposée, la ligne frêle des douces collines imprimées sur le bleu hivernal de l'horizon.

Auparavant, sur sa gauche, maintenant à sa droite,
elles étaient toujours dans sa vie. Il n'y avait donc pas
lieu de désespérer. Les ancêtres n'avaient peut-être pas
complètement perdu trace de leur enfant parvenu... Au
fait, comment s'appelait le village où il avait abouti ?
Ah, oui ! Sweet Clover, Saskatchewan...

Il se concentra. Il se grava le mot dans l'esprit avec
soin, avec application, comme un renseignement qu'il
fallait se garder d'égarer, ou d'oublier de faire parvenir,
s'il voulait arriver...

Il releva les yeux sur les collines. Là vers quoi il
avait toujours marché ne devait plus être bien loin
maintenant.

LA VALLÉE HOUDOU

I

Le groupe des Doukhobors nouvellement arrivés à Verigin, hameau de la Prairie, vivait pour le moment dans des tentes rondes et des wagons désaffectés que l'on avait mis à leur disposition : un campement triste sur une terre étrangère que cernaient des marais, les moustiques et, chaque soir, plus accablant, l'ennui ; alors on les entendait, réunis comme une nombreuse famille autour d'un feu de branches, psalmodier de la même voix grave et affligée un chant de leur pays.

Aucun Doukhobor n'en convenait encore bien haut, mais ils se désolaient.

— Ce n'est pas comme dans les Montagnes Humides.

— Ah non, que c'est loin de nos vertes Caucases !

La plaine, dès le début, avait mystérieusement commencé de les rebuter, cette immensité plate, toujours à découvert, cette étendue sans fin, ce trop vaste et excessif pays où il faisait froid l'hiver, disait-on, à vous geler l'haleine dans la bouche, et chaud l'été à en périr. Et les gens donc, depuis peu habitant ces solitudes, quelles bizarres gens ils étaient ! Mangeurs de viande et autres nourritures interdites, de plus ils se querellaient entre eux comme si la vie n'était pas déjà assez dure ; ou bien, pris d'une autre sorte de folie, ils se mettaient à danser jusqu'à faire sauter les tables de la taverne. Ce ne pouvait être des chrétiens ces gens qui consommaient l'alcool et le tabac et n'en finissaient pas de vider entre eux leurs méchantes querelles.

Les femmes doukhobors aux cheveux blonds soigneusement cachés sous des fichus blancs pliés en pointe avaient peut-être moins que les hommes le temps de s'ennuyer. Elles cuisaient les aliments sur de petits tas de braise, elles lavaient le linge, le mettaient à sécher sur l'herbe, elles allaient chercher assez loin parfois dans la plaine nue des bouts de bois à brûler. Mais leurs maris, ces grands gaillards à forte moustache, droits comme des chênes, avec des yeux bleus d'enfants et stupéfaits, gardaient tout le temps qu'il faut pour soupirer et se lamenter.

Cependant, leurs chefs, Streliov, Zibinov et Strekov, presque tous les jours, sous la conduite de McPherson, l'agent de colonisation, partaient, tantôt vers le nord, tantôt vers le sud, à la recherche de terres où s'installer. Nulle part encore toutefois ils n'avaient trouvé de concession qui réunît à leurs yeux ce qu'ils en désiraient obscurément.

Ce McPherson, un petit Écossais ambitieux et entreprenant, avait pourtant fait le pari d'installer en un rien de temps ses Doukhobors, se proposant de tirer de leur

réussite en terre canadienne un bon parti pour sa carriè-
re et son avancement.

Les femmes, les enfants, les vieux entouraient les trois
chefs de retour au campement et demandaient :

— Qu'avez-vous vu aujourd'hui, Zibinov, Streliov et
Strekov ?

Eux, les hommes en qui on avait placé confiance, ré-
pondaient :

— Le plat pays toujours. Même chose qu'ici.

— Mais encore ?

— La plaine, entendez-vous. Rien que la plaine.

McPherson fulminait. Quoi d'autre s'attendaient-ils
donc à trouver, ici, au plus étale des terres canadiennes ?

Étranges gens, doux, rêveurs, à moitié présents seulement en ce monde, ils étaient cependant dans leur
refus et leur désillusion d'une ténacité à décourager tous
les efforts. Les gens du hameau, quelques voisins, eux-
mêmes immigrés, mais qui s'étaient donnés de bon cœur
au nouveau pays, commençaient à s'impatienter après
ces Doukhobors à la mine longue et dont les incessantes complaintes n'en finissaient plus le soir de les atteindre dans leurs *shacks* dispersés. Ce n'était pas à
chanter qu'ils changeraient la plaine ! Elle en avait entendu d'autres soupirs, vu d'autres regrets, la plaine des
exils et des nostalgies, mais elle finissait toujours par
mettre les gens à la raison. D'autres, bien d'autres, y
avaient passé. Les Doukhobors aussi devraient s'y sou-
mettre.

Ils ne voulaient pas se morceler, s'établir par petits groupes comme d'autres colons, une famille ou deux par ici, quelques autres par là. Cela eût aplani bien des difficultés, les bonnes terres étant loin d'être toutes en bloc ; plus souvent elles se trouvaient disséminées au gré d'anciennes alluvions ou de quelque cours d'eau. Mais ils refusaient absolument de se séparer. Ils tenaient à s'installer tous dans la même région, les vieux avec les jeunes, les petits-enfants avec les grands-parents, les oncles, les neveux, les cousins, les amis, bref tout le pauvre petit peuple ensemble.

Il fallait donc leur trouver une très grande étendue de terre arable. A bonne distance, il y en avait encore quelques-unes. McPherson menait Strekov, Streliov et Zibinov les voir au bout de milles et de milles à travers la plaine silencieuse et parfois toute sereine sous le haut ciel clair. Quand la piste cessait, la charrette se faisait un chemin à travers les herbes. Ainsi avaient-ils déjà vu une bonne partie du pays : des espaces sablonneux sur lesquels le vent courait comme au désert ; ou à courte végétation semblable à des fils de fer tordus et enroulés sur eux-mêmes ; ou encore agrémentés de jolis groupes d'arbres indiquant de loin un point d'eau. Nulle part les chefs doukhobors ne consentaient à s'arrêter.

— Nyet, nyet.

Tantôt la contrée leur paraissait trop sauvage, trop reculée, tantôt ils y apercevaient des tentes ou des huttes de trappeurs et ils répugnaient tout à coup à avoir des voisins.

— Nyet, nyet.

Ils branlaient la tête ; leurs yeux bleus et naïfs, ronds d'étonnement, exprimaient le même tenace dépaysement.

Et cela durait depuis des semaines.

Les femmes guettaient le retour de la caravane.

— Enfin, tout de même aujourd'hui vous avez dû voir quelque chose qui va nous convenir peut-être.

— Nyet. Nous n'avons vu que le plat pays toujours.

Ils ne savaient comment exprimer autrement leur désillusion. Manifestement, avant leur départ du Caucase et afin de les attirer dans l'Ouest canadien, quelqu'un avait dû leur raconter une impossible histoire à laquelle ils avaient cru. En fin de compte, ils se remettaient à chanter leurs lamentations. Alors le doux pays laissé en arrière, le pays d'acacias, de citronniers et d'herbe tendre, revivait sous leurs paupières closes. Car un malheur en chasse un autre et, à présent, ayant oublié les persécutions qui les avaient contraints à quitter le sol natal, leur cœur n'en gardait plus que des images attendrissantes.

Ah, le mal du pays !

Même les femmes à présent en étaient presque toutes atteintes.

Méchante plaine autour d'elles ! Parfois l'on pouvait voir l'une d'elles se pencher, ramasser par terre un caillou pour le lancer en avant avec violence, comme pour atteindre l'immense pays, chercher à se venger de son insensibilité.

— Qu'as-tu vu aujourd'hui Streliov ? demandait Makaroff, le plus âgé et le plus sage, qui trouvait venu le temps de se faire une raison. La vie n'est pas si longue, disait-il souvent, s'il faut que nous en prenions tant et tant seulement pour regretter le passé, que nous en restera-t-il pour accomplir ce que nous avons à accomplir ?

Alors, Streliov, l'aîné des chefs, un homme solide, dans toute la force de ses trente ans, se prenait à soupirer comme un gamin.

— La même chose qu'ici, grand-père. La plaine nue toujours. Et toujours, à ce qu'il semble, la même cruelle indifférence.

Le vieil homme s'approchait pour activer le feu.

— Je me rappelle, en ma jeunesse, quand nous avons été exilés au Caucase, là non plus, au début, la vie ne nous a pas paru facile. L'indifférence, dis-tu Streliov ! Mais sais-tu seulement combien d'arbres, de citronniers, de cerisiers, d'acacias, nous avons plantés là-bas et combien nous en avons perdus pour un qui nous restait, le sais-tu seulement, Streliov ?

Paroles qui atteignaient les immigrés assis en rond à l'heure du crépuscule autant tout à coup que les regrets cent fois ressassés. Alors les regards tous ensemble se portaient vers la plaine à laquelle ils ne pouvaient imaginer de limites, l'indéchiffrable pays muet. Ils s'efforçaient de le voir couvert de petites maisons chaulées, avec des courettes pour la volaille, des potagers, des clôtures, des seaux à lait en coiffant les piquets,

avec tout un va-et-vient animé, sans oublier des puits
à bascule comme chez eux, au Caucase, qui ponctue-
raient la plaine de place en place du long trait de leur
balancier levé vers le ciel. Pendant quelque temps, ils
étaient tout réconfortés par la vision de l'énorme travail
à refaire, et ils brûlaient d'impatience de s'y jeter.

— C'est pourtant vrai, ronchonnaient quelques-unes
des femmes parmi les plus réalistes. Il est plus que
temps de commencer par quelque côté. Cherchez encore, vous autres, nos chefs. Et tâchez de nous revenir
avec une bonne nouvelle, afin que nous nous mettions
à la tâche.

D'autres, cependant, berçaient leurs nourrissons en
les serrant très fort sur leur poitrine, comme si elles
défiaient la sombre plaine de les leur prendre. Mais
elles se mettaient soudainement à pleurer, ayant sans
doute vaguement perçu que la plaine finalement prendrait leurs enfants, en prendrait des milliers d'autres,
absorberait autant de vies que le sable, des vagues,
avant que cela y parût seulement. Quelques autres qui
allaient bientôt accoucher haïssaient peut-être plus encore le pays dépouillé et le ciel trop grand qu'elles
sondaient dans l'effroi.

C'étaient les très vieilles et toutes branlantes ba-
bouchkas, arrivées au pays presque seulement que pour
y mourir et dormir dans la terre étrangère, qui montraient le plus de bon sens.

Elles rabrouaient les plus jeunes.

— C'est pas notre saint petit père Verigin, en exil
au fond de la Sibérie, qui serait content de vous voir

à l'heure actuelle, abattues, sans courage, toujours à pleurnicher.

On ripostait de part et d'autre :

— Notre petit père Verigin a promis que nous trouverions la paix au bout du monde, et la concorde, et que là où nous irions nous nous y trouverions d'un même cœur. Peut-être avons-nous mal interprété ses directives. Était-ce vraiment le Canada qu'il avait en tête pour nous ?

Une babouchka très fâchée, là-dessus se mit à gronder.

— Des pays où nous serons tous unis, si chacun n'y met pas du sien, ça ne se trouve pas. Notre petit père Verigin a promis un pays où on nous laisserait vivre en paix selon notre idéal de non-violence et de liberté de conscience. Il ne nous a pas promis l'herbe toute fauchée, la maison prête, le pain sur la table. Êtes-vous devenus fous à la fin ! Les vieux Doukhobors de mon temps avaient plus de cœur à la besogne et moins de plaintes sur les lèvres. Ils en avaient pourtant vu des cruautés et des injustices, avant notre bonne Loukeria, au cours de ces sombres années où ils erraient à travers la Russie. Et ceux donc qui sont tombés sous le knout des soldats du Tsar plutôt que de prendre les armes contre leurs frères, avez-vous jamais entendu dire qu'ils geignaient ? Honte aux Doukhobors qui m'entourent !

Ils finissaient par prier ensemble sous le grand ciel constellé. Du moins les étoiles leur étaient encore familières. Les yeux levés vers elles, ils demandaient de voir clair dans leur route sur terre.

Les plus touchés revenaient auprès de la sévère babouchka.

— Petite-mère, ce n'est point de travailler qui nous fait peur. C'est le silence d'ici. C'est comme si Dieu ne voulait plus nous donner de signe. C'est comme s'il allait à présent se taire à jamais.

Le visage creusé et ridé par la vie s'absorbait dans la contemplation des flammes.

— Il est vrai, depuis que nous sommes arrivés au Canada, il n'a pas beaucoup parlé. Mais il est là, derrière tout ce silence. Attendez, mes agneaux. Demain, après-demain, un jour prochain, certainement il va nous faire un signe.

II

A quarante milles au nord du chemin de fer, une grande étendue de plaine herbeuse, ancien pâturage d'un troupeau de bisons, était encore à prendre. C'est à destination de ce but que roulait, ce matin de juillet, l'expédition.

La lourde charrette avançait au trot souvent ralenti des quatre chevaux de la Prairie, tout petits mais solides. Six hommes s'y trouvaient : les trois chefs doukhobors, puis McPherson flanqué de son interprète, James Craig, enfin le charretier métis. A l'aube ils étaient partis accompagnés du chant particulièrement fervent des femmes, car, après une longue veille de prières, tous s'étaient levés avec la conviction que ce jour-ci enfin serait marqué de la faveur divine.

Ils avaient d'abord traversé une plaine où l'herbe roussâtre s'échevelait à perte de vue, puis d'autres où les abondantes graminées sauvages montaient jusqu'aux essieux de la voiture ; des terres salines qui répandaient les miasmes de nombreuses carcasses de faons et d'oi-

seaux ; de la brousse, des muskegs où tous devaient
descendre et aider les chevaux ; des contrées moroses
où le vent seul vivait et, de temps en temps, de frais
petits bois d'aulnes ou de peupliers. Presque partout
cela semblait inhabité, silencieux. Chaque îlot de verdure dans cette plaine illimitée se voyait à des milles
de distance, et c'était bien la seule chose qui pouvait
encore aiguillonner les bêtes fatiguées ou faire battre
les paupières des hommes.

Maintenant le soir n'était plus loin. Rien encore
cependant n'indiquait l'approche de l'ancien pâturage.
McPherson s'inquiétait. Au dernier faible croisement
de pistes, n'avaient-ils pas pris la mauvaise ?

A présent, il n'y en avait plus de visible. On voya-
geait au jugé sur le sol rocailleux ou à même des herbes
jamais foulées. Le charretier métis paraissait aussi peu
assuré que les petits chevaux eux-mêmes dont on voyait
par instants se dresser les oreilles inquiètes. Les chefs,
impassibles au fond de la voiture, feignaient d'ignorer
le déroulement accablant.

Et puis, soudain, à McPherson échappa une vive
exclamation de dépit. Le pays changeait brusquement.
A la sortie en effet d'un boyau d'ombre où ils étaient
engagés depuis quelques minutes, luisait une lumière
intense venant à leur rencontre. Et déjà leur était révélé
un paysage insoupçonné il y avait quelques instants à
peine, d'une surprenante beauté.

C'était la vallée Houdou, ainsi appelée par les Indiens,
à qui elle faisait peur, avec sa curieuse emprise, à cette
heure-ci précisément, sur l'âme instable des hommes.

D'une splendeur insolite, bien plus proche tout à coup de l'Orient que de la plaine aux teintes le plus souvent assourdies, elle flamboyait devant eux sous les flots de lumière cuivrée que le soleil de cette fin de jour y déversait. D'innombrables fleurs, entre les ronces et les hautes herbes coupantes, en tiraient un éclat presque insoutenable. Des fleurs dont aucune, à ce que l'on disait, n'avait point un dard, un suc vénéneux, une blessure à infliger, mais étrangement somptueuses, énormes, en ombelles de velours grenat, en capitules d'or sombre, en corolles pourpres ou laiteuses, avec des feuilles raides et lisses, enduites d'un vernis qui brillait.

Au loin des nuages teintés de rouge violent fermaient cette curieuse vallée en l'entourant comme d'une chaîne de collines aux replis d'une attirance indéfinissable. En effet, chacun paraissait ouvrir dans le rouge du ciel un passage secret et mystérieux vers un lieu où devaient enfin régner la certitude et le bonheur. De minute en minute, d'ailleurs, sous le ciel qui continuait de flamber, les lointains acquéraient plus de profondeur encore et appelaient en silence.

McPherson, lui-même pendant un moment presque envoûté, quoiqu'il en eût, se ressaisit. Il haïssait ce lieu plus que tout. Il allait donner l'ordre de repartir immédiatement lorsque les trois chefs, se mettant debout dans la charrette, se prirent à s'appuyer l'un l'autre avec surexcitation :

—Da, da !

C'était bien la première fois que McPherson les entendait dire oui.

D'autres mots paraissaient leur être arrachés par l'excès de l'émotion et l'infinie joie de s'y rencontrer enfin tous trois unanimement.

— Que disent-ils ? interrogea McPherson.

L'interprète sourit avec une certaine commisération.

— Ils veulent descendre. Ils parlent de Montagnes Humides, de signe enfin donné... de je ne sais quoi encore qui n'a pas de sens...

Ils étaient en effet comme ensorcelés, à peine reconnaissables, leur visage transformé, éclairé, leurs yeux rayonnants. D'un commun accord, ils sautèrent de la charrette, ils avancèrent vers la vallée. Des cailloux roulaient sous leurs pas, une fine poussière de terre s'en élevait, trahissant à elle seule la pauvreté du sol, mais les Doukhobors n'y prenaient garde, avançant de front, les yeux éblouis, vers l'étincellement de toutes choses que le soleil à son déclin réussissait à tirer d'une inextricable broussaille.

Ils s'arrêtèrent. L'un éleva le bras, indiquant la masse de nuages qui reposait sur le bord du ciel et figurait d'envoûtantes collines se prolongeant comme au-delà de ce monde. Un autre pointa une longue traînée de lumière blanche qui serpentait à travers la vallée à la manière d'une rivière aux eaux pâles. Le troisième fixait avec ferveur l'horizon en feu.

— Qu'est-ce qu'ils disent ?

— Qu'il y a ici tout ce qu'il faut pour réjouir le cœur de l'homme, traduisit l'interprète : des montagnes au loin, une rivière dans l'herbe, une paix rare, et partout des oiseaux.

C'était vrai pourtant. Voici que l'air brûlant était tout empli de la présence d'oiseaux. Nichant dans les massifs serrés, s'appelant de buisson en buisson, et, tout à coup, à grands bruits d'ailes et de cris s'élançant en vol éclatant, des créatures aux gorges de flammes, encapuchonnées de rouge ou de jaune clair envahissaient l'air. Mais c'étaient là des oiseaux insociables, fuyant les hommes : leur présence ici, aussi bien que les fleurs étranges, disait assez la sauvagerie des lieux.

— Ce ne sont pas des montagnes là-bas, ni une rivière dans la vallée, tenta d'expliquer McPherson. Dites-leur, Craig, que tout cela est mirage, tromperie, effet de l'heure et du soleil, que cette maudite vallée possède le pouvoir curieux, au couchant, de se transfigurer.

Mais il n'y avait rien à faire. Les trois Doukhobors avaient enlevé leur chapeau comme pour saluer une rencontre des plus troublantes dans leur vie. Ils restèrent longtemps immobiles, les yeux mouillés, à contempler le paysage et à écouter leur âme subjuguée.

— Ils savent, ou à peu près, rapporta l'interprète, que la montagne et la rivière ne sont qu'illusion, mais ils disent : peu importe, puisque nous les voyons. Et si nous trois, par un grand bienfait du ciel, avons revu ici les montagnes et une rivière de notre doux pays, pourquoi n'en serait-il pas de même pour nos femmes, nos enfants, nos vieillards ? Est-ce qu'eux aussi ne verront pas ces choses ? Et, les ayant vues, n'en seront-ils pas aussi rassurés ?

Alors McPherson, oubliant qu'ils ne pouvaient le comprendre, leur cria :

— Mais grattez le sol. Voyez comme il est pauvre ! Examinez l'infernale broussaille, c'est tout ce qui pousse ici. Je peux vous donner cent fois mieux, mille fois mieux. Je peux vous donner une belle plaine droite dont l'herbe savoureuse fera à distance hennir les chevaux d'impatience. Ou, si vous préférez, je peux vous trouver du terrain en partie boisé et parcouru d'une vivante rivière. Il y a tout cela à quelques heures encore de voyage.

Mais les Doukhobors ne voulaient plus rien entendre. Inaccessibles maintenant à tout appel de la raison, exilés dans leur exaltation, assurés d'être les seuls à comprendre le mystère du monde, ils restaient, leur chapeau à la main, s'imaginant peut-être avoir perçu un signe infaillible du destin. Ils avancèrent d'un pas encore et entonnèrent un chant de reconnaissance. Le chant s'écoulait dans la vallée, deux fois, trois fois rapporté par l'écho. Les grands oiseaux farouches et le petit claquement des herbes sèches à leur passage semblaient frappés de surprise d'entendre rouler par ici ce vieux chant exalté de l'ancienne Russie.

Enfin les trois hommes cessèrent de chanter. McPherson vit qu'ils pleuraient. Les larmes jaillissaient de leurs yeux avec impétuosité, lavaient leurs joues de la poussière de la route et venaient se perdre dans les moustaches blondes. Ils pleuraient sans lever la main pour essuyer leur visage, avec abandon et confiance, éperdument allégés de leur cruelle attente.

McPherson tarda encore un peu. Bientôt allait disparaître la fugitive beauté des lieux. D'un instant à l'autre, ils allaient en être dépouillés : enfin éteint ce grand feu de rampe à l'horizon, l'on verrait peut-être que ce n'était ici qu'une mauvaise lande sous de flamboyants dehors.

Mais les Doukhobors se montraient à présent impatients de s'en aller. Ils avaient hâte d'apporter aux leurs la bonne nouvelle.

Assis de front sur un même côté de la charrette, ils regardaient derrière eux lorsque soudainement la vallée s'éteignit dans le crépuscule et peut-être déjà dans sa poignante tristesse. Mais, dans l'ombre, sur leurs visages fermés, continuait de briller le flamboiement de ciel qu'ils avaient vu et que leur âme rapportait.

UN JARDIN AU BOUT DU MONDE

I

Plus loin encore que Codessa, sorte de petite capitale
ukrainienne dans le Nord canadien, après que l'on a
voyagé des heures sur une infinie route de terre, au-delà
d'une plaine sauvage apparaissent enfin des signes de
ce qui a tenté un jour d'être un village. C'est le lieu-dit
Volhyn, en Alberta : presque rien en vérité, hors l'immensité, la route y traçant une simple raie sous les fils
téléphoniques que l'on entend gémir dans l'air inexpli-
cablement.

Sur le bord de cette pauvre route se trouve une école
d'ancien modèle, avec son *teacherage* ; à côté, une provi-
sion de bois empilé ; le tout abandonné. Depuis bien
longtemps on n'entend plus par ici de voix d'enfants
ni la cloche qui les appelait.

Dans un éloignement encore plus incompréhensible,
toute seule au fond des champs, il y a aussi une minuscule maison de prière, chapelle bizarre. C'est à peine
si sept ou huit personnes y tiendraient à l'aise ensemble.
Pourtant on l'a construite comme une église. Tout y
est : un semblant de portique précédé de trois marches,

un peu de vitre colorée dans des fentes étroites qui
servent de fenêtres, et jusqu'à un petit clocher bulbeux.
Et rien n'est si étrange à apercevoir dans la plate
étendue du pays sans habitation que ce rappel de la
foi orthodoxe.

A l'intérieur, des toiles d'araignée couvrent la face
des vieilles icônes. La poussière d'anciens bouquets de
fleurs des champs depuis des années repose aux pieds
de saint Basile et de saint Vladimir. Une madone aux
traits pâlis semble usée de vieillesse et de labeur ingrat.
Dehors, une plainte toujours ! C'est le vent de plaine
qui souffle ici comme vent de mer, en porte l'angoisse
et, de même en effet que de l'eau, sans trêve rebrousse
et agite les herbages.

C'est vers les années 19-20 que ce pays fut pour ainsi
dire ouvert à la colonisation. Y parvenaient alors, avec
baluchons et enfants, un petit groupe de paysans, la
plupart illettrés, partis des mois plus tôt de leur Volhynie natale. C'était le premier voyage de leur vie, et ils
avaient traversé un continent, puis l'océan, puis presque
tout un autre continent ; ahuris, ils avaient poussé, avec
des chevaux, plus loin encore à travers une solitude
de jour en jour croissante, pour atteindre enfin, un jour
de printemps, cette longue plaine herbeuse qui s'ouvrait
devant leurs yeux pareille à quelque rêverie sans fin
sur les hommes et leur destinée.

Eurent-ils alors le sentiment que toute route derrière
eux était abolie, qu'ils ne sortiraient plus vivants de
cette extrémité ? Et sont-ils donc aujourd'hui tous
morts ou tous dispersés ?

Non, pourtant. La route, depuis si longtemps recti-
ligne, enfin fléchit un peu. Un petit bois de trembles
ébranchés à hauteur d'homme — de ceux qui dans les
plaines de l'Ouest signalent une ferme d'immigrés —
un petit bois de trembles apparaît tout ruisselant de
lumière, avec ses feuilles rebroussées. Puis une maison
vivante. Puis, dans le même moment, des fleurs. Une
masse de couleurs ardentes qui sautent aux yeux, saisis-
sent l'âme.

Ainsi, un jour que m'amenait sur cette route une
étrange curiosité — mais plutôt une tristesse de l'esprit,
ce goût qui assez souvent m'a prise de découvrir et de
partager la plus totale solitude — j'ai vu devant moi,
sous le ciel énorme, contre le vent hostile et parmi les
herbes hautes, ce petit jardin qui débordait de fleurs.

En ce temps-là, souvent je me disais : à quoi bon
ceci, à quoi bon cela ? Écrire m'était une fatigue. Pourquoi inventer une autre histoire, et serait-elle plus
proche de la réalité que ne le sont en eux-mêmes les
faits ? Qui croit encore aux histoires ? Du reste toutes
n'ont-elles pas été racontées ? C'est à quoi je pensais
ce jour où, la lumière baissant, sur cette route qui me
semblait ne conduire nulle part, je vis, au plus creux
de la désolation et de la sécheresse, surgir ces fleurs
éclatantes.

Des pavots écarlates au cœur sombre, d'autres, roses,
marginés d'une teinte plus accusée, quelques-uns comme
de fine soie blanche chiffonnée sous la main, offraient
au vent sec leurs délicats visages plissés. Quelle pouvait
être sous ce vent violent la durée de leur vie ? Peut-

être même pas un jour. En rang double, des lupins sur leurs hampes flexibles oscillaient comme les cierges d'une procession par temps rude. Des delphiniums, cependant, rendaient au ciel le bleu de son regard indifférent. Des géraniums aux tons clairs, de fragiles mufliers aux petites gorges gonflées comme de lait ou de miel, de hautes fleurs altières, d'autres timides, toutes se pressaient là comme dans un étonnement sans borne de leur propre présence. Avais-je auparavant vu des fleurs ? En ai-je vraiment vues depuis ? C'est peut-être seulement sur cette route déserte de Volhyn que j'ai été pleinement pénétrée du mystère que sont en ce monde les fleurs.

Et parfois encore quand renaît en ma mémoire la vision de ce petit jardin aux confins du monde habité, il m'arrive de penser : Ce fut un rêve, pas autre chose !

Mais alors reviennent en mon esprit le visage, le sourire, le souvenir de Martha.

De son nom entier : Maria Martha Yaramko.

Du moins, sur sa tombe au creux des herbes, enfouie sous l'élyme et l'agrostis, sur la croix de bois qui émerge à peine, c'est ce qu'il y a d'écrit, lettre après lettre tremblée, comme par une main qui tout juste savait écrire.

Voici donc son histoire telle que, petit à petit, j'appris à la connaître.

II

Tôt ce matin-là, malgré la douleur qui à présent s'é-
veillait en son corps en même temps qu'elle, Martha
sortit de la basse petite maison chaulée pour venir, en
fichu blanc noué sous le menton, son tablier gonflé
d'air, reconnaître en son jardin les plantules à peine
dégagées de la graine, tout juste perçant à la vie. Car
c'était le printemps revenu tout de même encore une
fois, ce printemps qui, vers Volhyn, avait bien plus
long et plus difficile trajet à accomplir que vers n'importe quel autre coin du monde. Le haut vent en parlai:
dans le ciel, et les plantes vivaces, jadis semées par
Martha quand elle avait eu foi et espérance, témoi-
gnaient toujours de santé et de jeunesse. Elle reconnut
à ses pieds, à peine sortie de son fourreau étroit, une
feuille qui avait encore la forme de son étui. Elle aida
de la main cette naissance, écartant une brindille qui
pouvait la gêner, réduisant autour d'elle en poussière
une motte qui, à si minuscule créature, pouvait paraître
montagne. Elle se releva, contempla, au regard de cette

nouvelle vie éclose, la déconcertante ampleur de ciel et
de terre. Pourquoi son jardin, entrepris dans la jeunesse, la contraignait-il à travailler encore ? Pourquoi
dans sa vieillesse tant de fatigue encore à l'aide de la
vie ? Elle ne le savait pas, ne chercha plus, se pencha
de nouveau, trouva quelque autre plantule que tendre-
ment elle découvrit à la lumière.

Quelques semaines plus tard, les mauvaises herbes
au jardin de Martha prirent aussi leur essor. Elle aurait
dû savoir pourtant que, dès qu'en ce monde on se fait
l'allié de quoi que ce soit, on se découvre mille ennemis,
on n'a plus de repos. Amie des fleurs, Martha avait
découvert contre elles, dans l'univers créé, une énorme
hostilité.

Elle s'attaqua, ce matin de mai, à désherber à l'intérieur de l'espace clos d'un treillis où, depuis près de
trente ans, elle cultivait des légumes, oui, mais, alter-
nant avec les herbes nourricières, des fleurs aussi un
peu partout ; ainsi sa vie si terne avait-elle eu ce côté
riche, un peu fou et exalté. Assez vite elle eut nettoyé
une allée. A présent elle croyait bien se reconnaître
dans les bonnes et les mauvaises herbes. Pourtant, une
fois, ayant en son jardin laissé fructifier une mauvaise
herbe confondue au début avec une plante domestique,
elle avait pu la voir, sous l'effet des soins et des arro-
sages, grandir, s'épanouir, devenir belle, puis porter des
fleurs en clochettes menues, gracieuses et tout aussi bien
faites que celles de ses plantes préférées. Tout fructi-

fiait peut-être donc en ce monde selon l'amour qui lui
était accordé.

Ainsi en allait-il à présent de ses pensées. Elle n'était
plus de force pour les abrutissantes besognes. Elle ne se
donnait plus qu'à son petit jardin et, ce faisant, tout
comme des plantes que l'on entretient, ses pensées aussi
se dégageaient du silence et de l'habitude. Et elles de-
venaient pour Martha une compagnie. Il lui semblait
qu'elles étaient belles, solitaires. Parfois elle s'étonnait
de les trouver siennes. Ce jour-là rôda en son cœur le
sentiment que ses pensées étaient trop hautes pour être
d'elle seulement. Mais de qui d'autre eût-elle pu les
tenir ? Peut-être les avait-elle toujours eues, mais très
loin en elle enfermées, indistinctes comme la fleur à
venir dans sa graine si terne. Et, si elle n'avait pas
perdu sa robuste santé, si elle n'avait pas senti se cogner
à l'âme, comme un papillon affolé, l'idée de sa mort,
aurait-elle seulement prêté attention à ses pensées, aurait-elle su qu'elle menait une existence humaine ?

Se traînant sur les genoux, elle fit place nette autour
des cosmos. Elle leur parlait tout ce temps, les félicitant
de leur bonne nature, des fleurs de pauvres, sans aucune
espèce d'exigence, vivant en presque n'importe quel sol,
renaissant de leur graine tombée à l'automne, mais elle
n'en avait pas moins davantage aimé certaines de ses
plantes qu'elle avait eu beaucoup de mal à sauver. Alors
elle eut comme une pensée de colère. Pourquoi, se demanda-t-elle, une petite vie aussi douce, aussi tranquille
que celle d'une fleur avait-elle tant d'ennemis ?

Et voici, comme elle grattait la terre au pied d'une
pivoine, qu'il lui resta en main une tige détachée de sa

racine, coupée à son endroit le plus sensible, à sa sortie du sol. Ah, fit-elle dépitée, à cause de la voracité d'un ver, devient ver de terre ce qui aurait pu être deux ou trois immenses fleurs humides et fières. Et qui va être plus avancé ? Car le ver lui-même sera presque sûrement aujourd'hui dévoré. Mais c'est elle qui le trouva dans le terreau noir et presque avec plaisir l'écrasa sous son talon. Il restait à protéger les autres jeunes plants, et pour cela qu'un seul moyen, long, fatigant et que chaque année elle avait dû reprendre. Les fleurs chaque année étaient à ses yeux comme une chose que jamais elle n'avait assez bien vue ; mais les soins à leur donner étaient également inlassables.

Elle entra dans la maison y découper dans du carton des espèces de petits collets pour venir ensuite les enfoncer dans la terre autour des racines. Ceci fait, elle se releva, montra un visage comme rétréci, fondu et un peu vide sous l'effet de la fatigue. Il fallait encore, à l'aide de bâtons plantés à côté d'eux, soutenir les plants dans leur lutte contre le vent, les y attacher avec un bout de ficelle. Elle peinait doucement à sa tâche, évitant avec adresse tout mouvement brusque qui eût réveillé la douleur sommeillant pour l'instant dans son flanc droit. Et ainsi avait-elle cet air de porter en elle quelque chose de précieux.

Au loin, passa Stépan qui lui jeta des regards irrités, grommela, s'éloigna davantage, répandant au bout de leur terre le son rageur de propos hostiles — à longueur de journée on entendait cet indistinct bruit de paroles signalant son passage d'un endroit à l'autre, tantôt rapproché, tantôt presque indiscernable du grand vent de l'ouest, lui aussi presque toujours de ton plaintif.

Martha se dressa un instant, regardant passer cet homme, son mari, le compagnon de sa vie, était-ce seulement possible ? Et qu'était-ce que cet amour qui, dans la jeunesse, alliait parfois les natures les plus opposées ?

Les éclats de la voix maugréante se perdirent dans le vent chaud qui aujourd'hui parlait pourtant de tendresse, mais, il est vrai, comme de quelque région reculée, infiniment difficile à atteindre.

Elle rentra et se mit en frais de préparer quelque chose à manger pour l'homme. La soupe prête, elle la porta sur la table et dressa proprement le couvert. Parce que Stépan s'était ensauvagé n'était pas une raison pour renoncer aux bonnes manières. Au centre des plats réunis, elle plaça des centaurées bleues dans une petite jatte sur laquelle autrefois elle avait peint des fleurs, bleues aussi, c'était sa couleur préférée ; elle lui semblait plus que toute autre avoir une douceur rêveuse, celle du jour, de la nuit aussi, lorsque l'éclaire une certaine lumière de lune ou de nuages. Elle alla sur le seuil appeler Stépan. Elle ne le vit nulle part et en jetant les yeux au loin oublia ce qu'elle était venue faire, pour se prendre à regarder avec une attention et un saisissement tout neufs ce qui l'avait entourée presque toute sa vie.

Sans doute eût-elle été fort étonnée qu'un passant, averti des manières de l'Ouest canadien, venant par miracle à errer sur cette route de poussière et jusqu'ici, eût tout de suite reconnu une ferme polonaise ou slave.

Aussi dissemblables puissent-elles être les unes des autres à certains égards, toutes ces fermes ont en effet en
commun des petits bois de trembles élagués par en
dessous, aérés, livrant passage à l'air, au soleil, et sous
lesquels on découvre cent minuscules cabanes, les unes
pour des poules couveuses, d'autres pour des lapins pro-
liférants, ou encore pour des oies ou de jeunes canards
retenus en captivité. Dans ces maigres bois déjà clair-
semés se tiennent aussi assez souvent des bêtes à corne
qui, en broutant, les éclaircissent davantage. Tel était
donc, à l'est de la maison, le genre de taillis qu'il y avait
sous les yeux de Martha, comme une protection contre
l'infini de la plaine. Des vieilleries, hélas, s'y trouvaient : carcasses de boggeys sans roues formant de petits sièges bas toujours vides, traîneaux d'hiver échoués.
Pourtant il s'y promenait sans trêve quelque chose de
jeune, de léger et de chantant, comme si le vent, où
qu'il eût été dans le monde, quelque désespoir qu'il eût
vu, toujours, en revenant dans ce petit bois, s'apaisait
et retrouvait son calme.

Ainsi Martha aujourd'hui seulement, au bout de trente années d'existence à Volhyn, s'aperçut-elle y avoir,
elle et le vieux Stépan, et peut-être à leur insu, reproduit l'atmosphère presque exacte de la pauvre ferme
d'où ils venaient, dans leur Volhynie natale. Presque la
même ferme, mais de partout environnée de sauvage
silence. Comme tout cela lui parut tout à coup étrange !
Mais ce qui avait subjugué son attention, c'était le son
aujourd'hui très particulier de l'air en mouvement. Elle
écouta, dans l'attitude de qui prête l'oreille à une voix,
un appel très lointain, et soudainement elle fut comblée

de joie vive. En ce midi chaud, à peine tiédi d'un peu
de vent, il y en avait assez pour émouvoir les feuilles
des trembles, et ce que l'on entendait était leur faible
claquement de castagnettes en fête. Le même bruit que
Martha se rappelait avoir entendu en un petit bois pareil, en Pologne, au temps de sa jeunesse toute portée
vers l'avenir. Oh, le cher petit bois plein de musique,
jamais donc il ne cesserait de la relier à la source vive
de sa vie !

Puis elle se rappela pourquoi elle était ressortie, chercha des yeux dans cette plaine qui lui paraissait plongée
dans un songe d'attente — jamais en la regardant elle
ne s'était déshabituée du sentiment qu'en arrière du vide
il y avait quelqu'un — et, ne sachant de quel côté faire
porter sa voix pour atteindre Stépan, à tout hasard lança
son appel dans l'immensité :

— Ohé, Yaramko !

C'est ainsi qu'elle l'appelait à présent. Dire : l'homme, comme lui ne disait plus que : la femme, lui aurait
paru offensant envers leur amour d'autrefois. Par ailleurs ce prénom de Stépan auquel restait malgré tout
attaché un sens d'amitié, elle ne pouvait plus le prononcer, c'eût été comme si elle eût vainement rappelé auprès d'elle quelqu'un qui depuis longtemps avait cessé
d'exister.

— Yaramko, cria-t-elle de nouveau. La soupe !

Pour le faire accourir, il n'y avait vraiment plus que
l'appel à la nourriture, ainsi que pour une bête de ferme.

Il se redressa, s'avança du fond des champs, chétive
silhouette à courtes jambes et grosse tête embroussail-

lée. Comme une mouche de son bourdonnement, lui
était enveloppé de ses plaintes, rabâchage constant de
griefs, défis et menaces dans le vide, que peut-être il ne
percevait même plus.

Parvenu devant le petit jardin, il s'arrêta, vit le travail accompli par Martha, parut en prendre violemment
ombrage, secoua la tête avec emportement et se répandit en un nouvel accès de lamentations. Puis, sa casquette enfoncée jusqu'aux oreilles il vint se mettre à
table, saisit du pain et, comme si c'était aussi quelque
chose à quoi s'en prendre, le déchira de ses dents.

Était-ce encore un visage humain que Martha avait
sous les yeux ? Le front, la bouche, le regard, tout ce
qui en des physionomies même rébarbatives est porte
d'accès, chez Stépan se cachait sous du poil. La grosse
moustache en herse couvrait tout le bas du visage ; l'effroyable brousse des cheveux de jour en jour s'étendait ;
d'énormes sourcils noueux et sombres la rejoignaient ;
au fond, veillaient des yeux de loup, défiants et sombres.

Ce soir, pensa Martha, elle dénicherait dans son coffre leur ancienne photographie de mariage pour revoir
le visage de Stépan et se remettre en mémoire que c'était
bien là l'homme avec qui, devant le pope et pour la vie,
elle avait conclu une alliance d'affection.

III

Quelle sorte de soirées passaient-ils ensemble, à Volhyn, à cette saison où elles étaient très longues, sous
d'étonnants ciels roses demeurant en suspens au-dessus
de la terre obscurcie ? Stépan, d'une pile d'un journal
en langue ukrainienne imprimé à Codessa, tirait un
vieux numéro, peu importait lequel, il les avait tous lus.
Néanmoins, en enchaînant péniblement les mots et les
phrases, il arrivait à se mettre encore en colère contre
cet absurde effort des hommes partout dans le monde
pour améliorer leur sort.

Martha, elle, prenait le catalogue de la maison Eaton.
Il était pour elle un ami. Le peu de mots anglais qu'elle
avait réussi à apprendre, au reste peu appropriés aux
besoins de sa vie : robe, manteau, chapeau, tapis, rideaux, balançoire, c'était dans le livre d'Eaton qu'elle
les avait trouvés. C'était un bon maître : il illustrait les
mots par des dessins. Martha pouvait comprendre.

Au début, avant de lui être livre de connaissance,
peut-être lui avait-il été surtout livre de convoitise. Tout

ce qui lui faisait alors défaut, elle avait pu en avoir l'idée en feuilletant ce catalogue rempli d'images à faire envie : cette belle cuisine moderne, par exemple, avec une installation d'eau et de gais rideaux en plastique ; ou encore ce manteau grenat à col de fourrure. Revêtue de ce manteau, Martha avait imaginé qu'elle aurait pu s'évader de Volhyn, prendre sa place dans un monde civilisé, rejoindre ses enfants qui n'auraient plus eu honte d'elle. A présent, il n'y avait plus guère que les pages où il était question de graines de semence pour faire encore battre son cœur d'envie.

De lui-même le catalogue s'ouvrait à ces pages cent fois étudiées. Martha fut à nouveau émue de l'infinie variété des fleurs. Elle rêva de les voir cet été, peut-être le dernier de sa vie, toutes représentées dans son jardin.

Stépan froissa son journal, le jeta de côté, prit la lampe et commença de monter l'escalier aux marches escarpées. Elle suivit. La lampe soufflée, ils s'étendirent côte à côte sous l'édredon de fin duvet trié à la main. Que n'avait-elle encore fait de ses mains : des oreillers également gonflés de plumes d'oies, des courtepointes colorées, sans compter les milliers de repas qu'elle avait préparés, et toutes ces basses besognes ingrates, comme de tuer de la volaille ou de recueillir le sang chaud du cochon encore vivant et qui crie. S'il n'y avait pas eu son jardin et ses fleurs pour témoigner en sa faveur, combien plus d'effroi encore n'eût-elle ressenti à quitter ce monde.

Maintenant, devant elle, la nuit s'annonçait longue comme un long voyage de l'âme autour de soi tournant,

tournant... Le livre d'Eaton ne lui avait appris aucun des mots que l'on dit abstraits. Pour retrouver ses pensées de nostalgie et de regret, elle devait retourner à la vieille langue ukrainienne qu'elle et Stépan eussent employée, si seulement ils se fussent encore parlé. Comment font donc les sentiments que l'on n'exprime jamais, qui vivent repliés dans les plus lointaines retraites de l'âme, que l'on ne nomme même pas, comment font-ils pour ne pas tout à fait mourir ? Tout à coup, Martha entendit le vent proche du toit répandre des lamentations. Elle se demanda si elle n'était pas atteinte de la maladie qui allait l'emporter. Sous son doigt, à son flanc droit, elle pouvait sentir une petite masse à peu près de la grosseur d'une noix. A la pression s'éveillait une douleur.

Et que se produirait-il, pensa-t-elle, si tâchant malgré tout une fois encore de rejoindre Stépan, elle lui avouait son inquiétude ? Qu'en serait-il alors ? Proposerait-il qu'elle aille se faire soigner ? Mais à quoi bon ! Elle était lasse et découragée à l'idée du long trajet à faire en voiture jusqu'à Codessa, ensuite par train jusqu'à McLennan où il y avait un petit hôpital ; mais on acheminait plus loin encore, jusqu'à Edmonton, les malades dont l'état était grave.

« Edmonton, la capitale de l'Alberta... » se remémora-t-elle en bonne écolière qui ne perd aucune occasion de se bien graver dans l'esprit une leçon apprise.

Cependant Edmonton n'en restait pas moins pour elle comme irréelle. Parfois même elle avait une certaine peine à se raisonner et à croire qu'au-delà de Volhyn

il y eût des villes, de vastes agglomérations, et que tout
cela, le monde, les pays, les sociétés humaines, existait
en vérité.

Surtout elle répugnait à attirer l'attention sur elle,
d'être l'objet de soins, d'importuner peut-être. Sa vie
ne lui paraissait pas en mériter autant, la peur la saisissait à la seule idée du moindre dérangement à cause
d'elle. Et il restait aussi qu'en ne s'occupant pas de son
mal, en ne lui accordant aucun intérêt, elle pensait naï-
vement qu'il se découragerait. Au vrai, elle ne suivait
pas bien ce qui se passait en elle, et en arrivait, à force
de penser en silence, à n'être plus assurée, de rien, ni
même de sa profonde tristesse.

Ainsi elle en vint, une certaine nuit, à vouloir se dé-
tacher de toutes choses afin que plus rien ne pût lui
être enlevé. Elle eut le cœur comme de glace. Aucun
désir ne la soulevait plus. Elle pensa même à renoncer
à semer encore des fleurs. Car à qui donc, à quelle âme,
à quel passant, Seigneur, importeraient jamais les fleurs
de Volhyn !

Pourtant, le plein été venu, sous le soleil excessif, il y
eut peut-être plus que jamais de fleurs en ce petit jardin
au bout de l'infinie route de terre depuis Codessa jusqu'à Volhyn. Sans force pour tracer les allées ou composer, en groupant les plantes, d'ingénieux dessins sur
le sol : losanges, pointes ou carrés, tels que chaque printemps elle se plaisait à en inventer de neufs, elle les
avait laissées croître cette fois à la grâce du ciel, et l'effet

n'en fut peut-être que plus heureux. Sous d'énormes nuages ou un ciel d'une limpidité parfaite, la masse de fleurs étroitement confondues, mêlant leurs éclatantes couleurs, formait comme une ronde serrée et criait l'été à tout l'horizon.

Incapable de continuer à les soigner, Martha enfin n'allait plus auprès d'elles que pour se reposer et se réjouir de leur spectacle.

Elle s'asseyait sur un petit tabouret bas placé en plein milieu des fleurs, au plus près de l'été, au cœur même de ce merveilleux été si incompréhensible. Elle se souvenait pourtant de l'hiver amoncelant la neige jusqu'à obstruer les fenêtres ; elle se rappelait les vents farouches, elle n'avait pas oublié leur fureur. Et elle restait des heures assise, presque sans remuer, les mains croisées sur les genoux, en apparence une vieille femme n'ayant plus grand-chose à attendre de ce monde ni de cette vie ; pourtant l'âme, résolument et pleine de bonne volonté, cherchait comme jamais. Elle se demandait, doucement étonnée : « Mais qu'est-ce donc dans le fond que l'été ? »

Pensivement elle considérait cette lumière dorée, ce bien-être de l'air et des feuilles, cette santé de toutes choses, cette ardeur à vivre, cette joie muette, secrète, infinie, et elle se disait : « L'été, qu'est-ce donc ? »

Son fichu blanc entourait un visage dont le hâle ne dissimulait plus la teinte de fond, terreuse, où apparaissaient, de jour en jour d'un bleu plus saisissant, les yeux songeurs. Elle ramenait le regard sur ses délicats pavots, ses fragiles mufliers ; elle voyait ses fleurs bien vivantes, bien portantes. Un peu de vent les agitait ; se mettant ensemble à hocher la tête, elles semblaient soutenir qu'elles étaient le vrai de cette vie, sa douceur, sa beauté, sa tendresse. Oh, les petites folles ! Elles avaient l'air de prétendre être elles seules dans le vrai.

De la main, Martha les caressait, comme elle eût caressé quelqu'un de trop naïf, de trop jeune pour comprendre, un enfant par exemple. Les fleurs n'étaient-elles pas, par leur naïveté, une sorte d'enfance éternelle de la création.

Mais quand elle se surprenait à penser ainsi, tellement plus haut qu'il ne lui semblait permis, elle se morigénait : Laisse donc ; à penser tu ne seras jamais bonne. Laisse cela qui n'est pas pour toi.

IV

A quelques jours de là, elle eut l'idée d'aller porter de ses lys rouges aux saintes icônes de la chapelle depuis si longtemps oubliées. Elle se mit en marche. Aujourd'hui le vent était caressant. Autour d'elle qui s'en allait à pas lents, on aurait dit qu'il se livrait à des jeux espiègles, soulevant un peu sa longue jupe, pour l'entourer ensuite de petits ronds de poussière. Ses lys rouges sur le bras, ses cheveux bien cachés sous le fichu blanc, elle avançait sur cette longue route de terre, droite et triste, comme si elle venait depuis le commencement des temps. Martha regardait le ciel si large, l'horizon patient, sa propre vie enfouie en tant de silence qu'elle y paraissait dissoute.

« Quelle sorte de vie as-tu donc eue, Martha Yaramko ? » se demanda-t-elle avec autant de bonne foi qu'elle l'eût demandé à une simple connaissance. Mais elle ne savait pas quelle sorte de vie elle avait eue. À tous sans doute il est difficile d'en juger. Pour elle qui n'avait presque aucun point de comparaison avec d'autres existences, la question était insoluble.

Cependant, de se voir engagée sur cette route si longue qui, passé Codessa, continuait vers d'autres villages plus grands encore, atteignait des villes, elle se sentait tirée en avant, portée vers une fraternité humaine, une rumeur de voix ; des idées de foule, d'animation, s'éveillaient en son esprit, elle en rêvait comme d'une chose fantastique, elle éprouvait au cœur un petit choc d'excitation, d'aventure. Il lui semblait s'en aller en direction du Canada.

Le Canada, elle en faisait partie bien sûr, elle avait même quelque part, enfoui précieusement, son certificat de naturalisation. Pour cela il avait suffi de déclarer devant témoin qu'elle aimait le pays et lui serait loyale. Cependant, plutôt qu'un véritable pays, le Canada lui apparaissait comme une immense carte géographique aux découpures bizarres, surtout dans le nord ; ou encore que ciel, attente profonde et rêveuse, avenir en suspens. Sa vie lui semblait parfois s'être déroulée en bordure du pays, en quelque zone imprécise de vent et de solitude qu'un jour peut-être viendrait à rejoindre le Canada. Car, comment eussent-ils pu l'atteindre, ceux de Volhyn, réduits maintenant à une poignée, vieux et geignards, qui n'étaient plus tout à fait des Ukrainiens, sans pour cela être des Canadiens, pauvres gens perdus et si découragés qu'ils ne paraissaient plus s'aider en rien, si ce n'est peut-être à finir ?

Elle leva au ciel si immensément répandu un regard dérouté.

« C'est ta faute aussi, lui reprocha-t-elle. Tu nous as perdus d'hésitation. C'est vrai, cela, tenta-t-elle d'expli-

quer comme à quelqu'un ou à quelque chose. Nous
sommes venus au monde dans nos petits villages de
Pologne si resserrés que d'une maison à l'autre on pouvait entendre pleurer ou se réjouir les voisins. Et, du
jour au lendemain, nous voici égarés en tant de silence
et sous tant de ciel que nos vies ont pu nous paraître
petites et oubliées comme celles des insectes. »

« Tu interroges, lança-t-elle au ciel, mais donnes-tu
jamais de réponse ? Nous diras-tu jamais pourquoi nous
sommes venus de si loin, quel vent nous a poussés, ce
que nous avions à faire, petites gens d'Ukraine, dans
les dernières prairies du Canada ? »

Puis lasse et agitée d'avoir osé porter si haut sa pensée, elle ramena les yeux et son attention autour d'elle.
Aux abords de la route, les herbes se creusaient au vent.
Souvent harassées, aujourd'hui elles se balançaient avec
douceur, leurs fins épillets en panicules mûrs et entrou-
verts étendant jusqu'au lointain une floraison dorée,
mousse blonde qui flottait à la surface de cet infini
mouvement.

Et le cœur de Martha s'attendrit de façon mystérieuse
comme si dans ce jeu éternel du vent, des herbes et du
soleil, il y avait pour elle une inlassable consolation.

V

Le délabrement de la petite chapelle la saisit au vif
— encore qu'elle eût dû s'y attendre, elle seule dans les
derniers temps y était encore venue quelquefois la
nettoyer. Poussière, ruine, silence ! On ne voyait plus
la face des saints sur les images emportées de Volhynie,
pour avoir avec soi, dans le grand dérangement, ces
énigmatiques connaissances, ces amis incertains. Qui
s'était retiré ? Dieu, oubliant ses créatures perdues au
fond des terres canadiennes ? Ou eux-mêmes, les êtres
humains, par manque d'imagination ? Qui pourrait comprendre ces choses-là ? se dit-elle. Et se pouvait-il que
Dieu ne fût aussi qu'un rêve, un désir né de la solitude ?

Elle s'assit sur l'un des bancs de bois grossièrement
taillés au couteau et si courts qu'ils semblaient faits pour
des enfants. Elle gardait sur le bras ses lys écarlates,
tache sanglante dans le crépuscule maintenant permanent de la chapelle. Dieu, qu'est-ce que c'était ? se
demanda-t-elle, mais elle abandonna la vertigineuse pensée. Puis les souvenirs se levèrent dans son cœur com-

me, le soir, encouragés par le silence, au bord de marécages humides, d'innombrables oiseaux jusque-là en-
dormis.

Sa jeunesse lui apparut, confiante, hardie jusqu'à la
témérité. C'était elle qui avait souhaité le départ, pesant
sur la volonté de Stépan que le long voyage vers l'inconnu effrayait, elle qui l'avait entraîné par l'ardeur de
sa foi en ce pays à découvrir et dont ils ne connaissaient
au vrai que le nom et l'immensité.

Elle se souvenait de l'ébahissement qui les avait ga-
gnés à rouler dans leur train d'immigrants jour après
jour sans que changeât le paysage.

Elle tâchait de se rappeler comment tout cela s'était
passé, le voyage, l'arrivée, le travail de forcenés auquel
ils s'étaient livrés. Mais un tel silence imprégnait cette
aventure humaine que même à ceux qui l'avaient vécue
elle paraissait douteuse. C'était comme s'ils fussent en-
trés vivants en des sortes de limbes, entre cette vie et
l'Éternel. Comment s'attaquer à pareille solitude ? Ils
s'y étaient essayés pourtant, oh ! on ne pouvait leur
faire le reproche de n'avoir pas tenté, avec leurs mains
nues au besoin, de créer, devant le silence de Dieu et
des hommes, leur petite vie tendre, intime et domestique. Mais qu'étaient ici une douzaine de maisons, et
leurs quelques enfants que, du reste, le pays leur avait
vite pris comme son bien ?

Cet attrait sur son cœur, à vingt ans, des énormes dis-
tances à parcourir, des horizons larges, comment Martha
aurait-elle pu encore le comprendre, elle qui en con-

naissait maintenant l'ennui effroyable. Elle ramena les yeux sur les images. Aux premiers temps de Volhyn, alors que, jeunes et entreprenants, ils avaient pensé pouvoir apprivoiser la plaine, ils avaient bâti cette petite chapelle loin de leurs cabanes, laissant de la place tout autour pour le village qu'ils se plaisaient à se représenter prenant forme et vie en ces vastes champs vides. La chapelle construite, un pope leur viendrait sans doute, c'était leur calcul simple, leur naïve conviction. Mais de pope il n'était jamais venu que celui de Codessa et seulement pour bénir la fosse de l'un d'entre eux ; aussitôt le rite accompli, il s'enfuyait de ces lieux qui inclinaient l'homme à se reconnaître le passant d'un jour en ce monde.

Puis Martha devint attentive à quelque souffle d'air qui frémissait sur le seuil ; c'était le vent, comme étonné de trouver ouverte cette porte depuis si longtemps close. On eût dit qu'il se retenait d'avancer, saisi de curiosité. « Qu'est-ce donc qui se passe aujourd'hui ? » semblait chuchoter le vent.

Et Martha sourit comme si quelqu'un d'amical lui eût adressé un petit signe. Rien ne pouvait être plus câlin et envoûtant que le vent parfois si furieux de ce pays. Tous les mouvements de l'âme, la stérile révolte humaine l'ébranlant presque jusqu'à la folie, les grands coups d'ennui frappant de toutes parts, et aussi l'abandon, la douceur, le calme, il semblait que le vent connût tout cela et tour à tour cherchât à leur donner expression. « Il doit connaître les âmes, un peu de ce qui s'y passe, pensait parfois Martha, car sans cela comment pourrait-il être si changeant, si impétueux, parfois sou-

mis, mais toujours porté à chercher, à chercher. Qu'est-
ce donc que nous cherchons », dit-elle, comme si elle
et le vent eussent été ensemble appliqués à démêler la
même histoire. Puis vivement elle l'invita : « Mais entre, entre donc. »

Et comme si le son de cette voix humaine eût attiré
le vent, il franchit le seuil. Un souffle léger, chanteur,
embaumé de son passage sur les prairies, à la fois timide
et joyeux, envahit l'étroite chapelle. De côté et d'autre,
elle l'entendit voltiger, se cogner doucement aux murs,
soulever par terre du papier déchiré, puis se faire immobile quelque part tel un enfant joueur qui prétend
se faire oublier.

« Tu es jeune de cœur, aujourd'hui, dit-elle au vent.
Tu as oublié les chagrins de la terre. »

C'était vraiment étonnant tout ce qui dans l'univers
créé lui faisait penser à l'enfance : les fleurs, le vent
parfois, les oiseaux. Pour elle étaient vieux l'hiver, la
colère, l'ennui, mais d'une inaltérable jeunesse l'été et
la tendresse.

Et, soudainement, ses trois petits furent devant ses
yeux — les avait-elle vraiment eus à elle, sinon dans
leur toute petite enfance ? Le temps de leur enseigner
le parler d'Ukraine, quelques chants, quelques danses
de Volhynie, puis l'école du gouvernement les avait
pris, leur enseignant l'anglais, les façonnant à sa manière pour une tout autre vie que celle qu'elle aurait pu
leur apprendre. Qu'aurait-il fallu faire ? Suivre le chemin de la jeune génération ? Aller aussi à l'école ?
Sans doute, mais c'était trop difficile, elle et le vieux

Stépan étaient déjà trop abrutis de besogne, trop usés pour ce nouvel effort désespéré. Ainsi étaient-ils à présent irrémédiablement séparés, elle restée à Volhyn, ses enfants menant au loin la vie de l'époque. Pouvait-on les en blâmer ? Martha essaya d'imaginer ce qu'elle aurait pu éprouver si, sa mère encore vivante, elle eût pu se transporter chez elle, là-bas, et la retrouver vieille femme si têtue, si ignorante, qu'elle avait prédit au jeune couple sur le point d'émigrer au Canada : « Vous n'arriverez pas. Vous n'arriverez jamais. C'est le vide quelque part, on tombe dedans. »

Martha frémit. Elle se rendait compte que ses enfants auprès d'elle et du vieux Stépan pouvaient se sentir aussi dépaysés qu'elle le serait maintenant elle-même sous le toit de chaume qui l'avait vu naître. Elle se prit à pleurer doucement. Elle se voyait pour ainsi dire sans parents et sans enfants. Quelle était la cause d'une telle solitude ? Trop de progrès trop vite ? Ou pas assez ? Tout ce qu'elle croyait entrevoir c'est que, un jour sans doute, des êtres issus d'elle, mais assez loin de leur origine pour se sentir à l'aise dans le pays, n'auraient peut-être pas honte, eux, de la vieille grand-mère immigrée. Elle sourit en son âme à ces inconnus dont elle entendait en imagination l'un d'eux s'enquérir : « Notre vieille petite mère Yaramko, comment était-elle donc vraiment ? »

Enfin elle cessa de pleurer et dit pour s'excuser comme d'un tort : « C'est la maladie qui fait cela. » Ramenant les yeux sur les icônes, elle leur en voulut tout à coup. C'étaient des saints d'Ukraine. Que connaissaient-ils de la vie des immigrés au Canada ? Et, quant à cela, de la vie tout court ?

Mais elle eut peur, par de telles pensées, de les irriter davantage contre elle. A quoi bon tant réfléchir au reste ? Ce n'était pas pour cela qu'elle était venue ici, mais uniquement pour nettoyer un peu, seule chose à laquelle il lui semblait être encore bonne.

Elle se leva, alla derrière l'autel prendre un seau et s'en fut à travers la prairie, le remplir à un *creek*. Tout le pré était couvert de hautes herbes de multiples espèces, mais unies, confondues par leur bruissement et leur inlassable flux et reflux. Son seau rempli, elle refit le chemin marqué de ses propres foulées. Dans le haut ciel, le vent passait, imprimant aux nuages le même mouvement tranquille qu'en bas aux herbages. A voir respirer une si immense et aujourd'hui placide solitude, le sentiment de son identité cessa de la tourmenter. Est-ce que tout n'était pas solitaire et malgré tout comblé ? Du reste, de ne plus entendre maugréer Stépan lui était un tel bienfait. Lui, il avait maudit, rejeté les enfants comme des ennemis, parce qu'ils avaient obéi à leur destin. Ah, ce n'est pas la bonne façon d'agir, lui reprocha-t-elle en pensée, car elle ne l'atteignait plus jamais autrement, et à quoi bon essayer encore !

Elle porta le regard sur les herbages qui ondulaient. Les épillets de mil sauvage, la fétuque ciliée, la masse de panics, ce grand flot de graminées ne cessait de se porter en une houle ininterrompue jusqu'aux limites du visible. Et cela qu'elle avait cent fois observé, aujourd'hui encore retint son attention, délivra un peu son cœur. Elle eut à nouveau cette pensée que la plaine était absorbée dans un grand rêve de choses à venir, et chantait la patience et la promesse que tout, en temps et lieu, serait accompli.

A genoux sur le plancher, elle entreprit de le faire reluire comme jadis. Pourquoi ? Ce ne devait pas être en tout cas pour le Seigneur. A supposer qu'il fût vivant et présent, elle l'imaginait plus à l'aise au dehors, sur les ailes du vent, dans la fraîcheur de l'air, qu'en cette petite chapelle où, quoi qu'elle fît, il subsisterait une odeur de moisi. Ce n'était pas non plus pour l'avenir qu'elle nettoyait ce sol. Sans ses enfants, Volhyn n'avait plus que quelques années, peut-être seulement des mois à se survivre. Peut-être même Volhyn mourrait-il définitivement le jour où elle-même disparaîtrait. Peut-être au bout du compte ne lavait-elle ici que pour assurer à Volhyn une fin digne et propre. Pour que personne ne puisse jamais dire : Volhyn est mort avant Martha.

Sa tâche terminée, elle jeta un dernier regard sur les icônes dont les yeux époussetés pouvaient voir à présent à quel point ils avaient été peu secourables.

Elle recula de quelques pas, leur fit un petit salut de la tête, point tout à fait amical, juste poli au fond, puis ferma la porte et s'en alla. Et le vent, aussitôt accouru au ras du sol, se remit à la suivre, comme s'il allait aujourd'hui partout avec Martha.

VI

Mais le vent de Volhyn n'est pas longtemps l'ami des
herbes, des fleurs et de l'âme qui aime et soigne la vie.
Du côté des très lointaines montagnes Rocheuses, il
arriva un jour en brûlantes rafales. Sous le ciel obscurci,
il agita et roula la terre volante réduite en fine poussière. Martha, prise de chagrin pour le tourment qu'allaient subir ses fleurs, tenta de leur venir en aide. De
la ficelle à la main, elle assujettit les glaïeuls à leur
bâton de secours. A peine pouvait-elle soutenir l'assaut
du vent et les poignées de terre qu'il lui lançait au visage ; qu'en serait-il donc de ses fleurs sur leur tige
délicate ? Sa douleur, révoltée par l'effort auquel elle
se livrait, se mit contre elle, lui fouillant le côté à petits
coups précis et durs. « Laisse, dit-elle de mauvaise humeur, est-ce que j'ai le temps de m'occuper de toi ! »
A deux pas de la maison, aux prises avec le vent, elle
ressemblait à quelque vague forme humaine engagée
dans une tempête de sable au désert, et les fleurs autour
d'elle, courbées dans le même sens, étaient comme des
papillons déjetés. Quand elle eut ancré à la terre ses

glaïeuls, il lui parut impossible de n'en pas faire autant
pour les dahlias. S'étant en effet portée au secours de
quelques-unes de ces créatures, comment se résoudre
ensuite à passer outre devant les autres à qui cela, si
l'on peut dire, pouvait être visible. Lorsqu'elle eut le
mieux possible protégé tout son jardin, alors seulement
Martha entra se mettre à l'abri. Debout à sa petite fenêtre presque obstruée, le front collé à la vitre, elle
regarda ses fleurs se démener dans l'air morne et épais,
pour devenir bientôt, sous leur enduit de poussière, grises elles-mêmes comme l'air et le ciel. Et parfois l'une
d'elles, arrachée, se mettait à tournoyer comme dans
une spirale invisible.

Alors, en attendant que prît fin la tempête, Martha
s'assit, croisa les mains et se rappela comment était né
et avait grandi ce petit jardin, qui était en quelque sorte
la véritable histoire de sa vie.

En ce temps-là, ils n'étaient à Volhyn que depuis
peu ; tout y était à faire. Ils n'avaient rien de plus
qu'un abri ; ils campaient dans une cahute à peine étan-
che, avec quelques poules, une vache, leurs bébés ; ils
manquaient de tout, et Stépan qui allait ce jour-là, pour
des achats de première nécessité, entreprendre le haras-
sant voyage de quarante milles de distance, Stépan, sur
le point de partir, avait demandé : « Te faut-il autre
chose encore que le sucre, le sel et la farine ? » Car il
était en ce temps-là un assez bon mari, s'informant de
ses besoins sur un ton encore bienveillant.

C'était le printemps, un immense printemps de boue,
de terre presque liquide, de ciel très haut qui se reflétait

sur le sol en mille morceaux de bleu décousus. « Te faut-il autre chose ? » A ce souvenir vint sur le visage de Martha un sourire de compassion et d'amitié pour celle qu'elle avait été en ces temps si durs. N'eût-il pas été plus simple de demander ce dont peut-être elle eût pu se dispenser, tellement était longue la liste des choses indispensables ? Découragée d'avoir à choisir, elle avait porté le regard vers la boue, l'infini déroulement de plaine nue et désolée qui venait de près cerner la cabane. Mettant le pied dehors, on s'enlisait aussitôt dans une glaise qui collait aux semelles en lourdes mottes. Et c'est alors qu'elle avait eu l'idée de faire porter à cette terre solitaire ses premières fleurs de jardin : des tournesols, peut-être aussi des pavots.

Le plus surprenant fut que Stépan ne trouva pas à redire et qu'il rapporta ce qu'il avait pu trouver de graines de semence, sept ou huit petits sachets qui donnèrent bonne moisson et nombreuse semence nouvelle, laquelle, dès l'été suivant, composa une harmonie de couleurs telle qu'immédiatement elle parut à sa place, tout comme l'horizon, tout comme les nuages. Une maison à sa place, une fleur à la sienne, un arbre là où il en faut un, quel est donc le sens de tout cela, s'était bien des fois demandé Martha sans parvenir jamais à se donner à elle-même une réponse satisfaisante.

Mais le merveilleux n'appelle-t-il pas le merveilleux ? Un soir, quelques années plus tard, au crépuscule, un inconnu — jamais on n'avait rien su de lui ni ce qui avait pu l'amener à l'aventure si loin dans le pays — un inconnu arriva sur la piste raboteuse dans une petite auto haute sur roues. A la vue des tournesols géants, des éclatants pavots, il mit pied à terre, il s'en approcha. C'est eux d'abord qu'il allait saluer dans un étonnement que trahissait sa hâte ; il se penchait, cueillait une fleur de giroflée, l'examinait avec attention, brusquement souriait, pour tourner enfin vers la cabane misérable un regard qui appelait. Martha qui l'épiait à l'unique peti- te fenêtre s'était sentie attirée. Elle était sortie. Aussi- tôt l'étranger s'était pris à lui parler avec volubilité. Elle ne comprenait pas sa langue. A son tour, elle lui avait adressé la parole en ukrainien, mais lui non plus ne comprit pas. Ils se regardaient l'un l'autre avec em- barras. Pourtant, Martha aurait juré que cet homme se sentait envers elle redevable de quelque subit allège- ment d'âme. A cause des fleurs ? Mais comment pou- vait-il y voir une sorte d'offrande personnelle ? Était-ce donc que pour certaines âmes, partout où elles la voient, la confiance en la vie leur est un précieux cadeau ? C'est qu'elles doivent être elles-mêmes nobles et géné- reuses, s'était dit Martha. Or, quelque six mois plus tard, leur parvenait, de cet inconnu sans doute, mais sans lettre ni explication, un petit paquet de bulbes longtemps resté à la poste de Codessa. Martha leva les yeux, cherchant dans la tempête poudreuse les innom- brables dahlias pourpres issus de cette douzaine de bul- bes et aussi les glaïeuls dont la blancheur étincelante perçait encore quelque peu le jour opaque.

« Et prenez l'histoire de ma rose de Loubka ! » dit- elle.

De cette très chère vieille amie de Codessa, qu'elle ne pouvait plus aller voir depuis longtemps hélas, elle avait autrefois reçu, pressée entre deux feuilles blanches, en guise de lettre — Loubka, pauvre âme, n'ayant jamais appris à écrire — une rose d'Inde prise dans son jardin. De cette seule fleur mise à sécher au plafond, tête en bas, comme il convient, Martha avait pu recueillir environ trois cents graines qui avaient donné à Volhyn presque autant de roses, chacune de celles-ci à son tour en ayant produit des centaines...

Martha se perdait dans le dénombrement à l'infini de la descendance d'une seule fleur. Elle entrait dans la contemplation de pareille munificence comme dans un beau rêve absurde. Une main à son flanc malade, les yeux fixés en quelque profonde rêverie, elle écoutait sans plus de découragement se plaindre le terrible vent chaud de l'Ouest. Ni vent, ni tempête, ni hiver ne pourraient donc jamais prévaloir contre cette douce volonté de vivre des choses belles qu'elle apercevait sur terre !

Sur ce pays tourmenté s'abattit ensuite la sécheresse. Parmi tant de spectacles affligeants en ce monde, comment, pour de simples fleurs, pouvons-nous donc encore trouver en nous des regrets et de la compassion ? Assise dans la chaleur accablante, sur le banc contre la maison, presque autant abattue elle-même que ses quelques fleurs qui avaient résisté à la tempête, Martha d'instant en instant se proposait d'aller leur chercher un peu d'eau. Mais il n'y en avait plus que dans le *dug-out*, cette sorte d'étang creusé pour retenir la pluie et la conserver à l'usage des bêtes pendant les étés torrides. C'était loin, au seul endroit un peu sablonneux de leur

terre, à près d'un quart de mille. Par moments, Martha
rêvait doucement que c'était chose faite ; elle s'était
traînée jusque là-bas, en avait ramené deux seaux pleins,
avait distribué l'eau aussi équitablement que possible.
Mais elle ouvrait les yeux sur les feuilles et les corolles
qui se flétrissaient, elle éprouvait alors presque de
l'amertume envers ces créatures qui exigeaient toujours
quelque soin. De toute façon n'allaient-elles pas mourir
avant longtemps, au premier gel de l'automne ? En
quoi était-il important de leur préserver la vie un jour
encore ?

Cependant elle se mit en chemin. « Qui de nous
deux, le jardin ou moi-même, se demanda-t-elle, va périr
le premier ? » Et son cœur espéra malgré tout que ce
serait le jardin, afin qu'elle n'eût plus, en partant, à se
faire de soucis pour lui.

Au loin, dans les champs, Stépan dressa la tête. Il
aperçut ce spectacle : la vieille femme — et sans doute
était-elle devenue très vieille tout d'un coup — avec
des seaux pleins, luttant de tout le corps comme pour
traverser un mur invisible. Quelle était cette folie !
Alors que tout crevait de chaud, de soif et de désespoir,
que la vie n'était qu'un immense exil poudreux, comment se préoccuper encore de quelques misérables
fleurs ! Avec des fleurs aujourd'hui, naguère des chants
et de la musique, il saisissait lentement depuis quelque
temps en quoi Martha toujours avait été son ennemie,
aimant la vie, elle, en dépit de ce qu'elle leur avait fait
avaler de coups durs. Il fut pris d'une sorte de rage de
jalousie et de fureur, ne voyant plus que malignité autour de lui. Il allait montrer à cette vieille femme de

quoi il était capable lorsque poussé à bout. Ou bien
enfin elle se déclarait pour lui et contre la vie ; ou bien
il se vengerait. Au vrai, des jours comme celui-ci, le
vent poussant sans arrêt dans la même direction et sur
le même mode toujours plaintif et exaspéré, des jours
pareils, du matin au soir emplis d'une rage d'ennui,
rendaient comme fou Stépan Yaramko. Il eut l'air d'un
dément, pressant tout à coup sa grosse tête ébouriffée
pour en extirper l'ennui, le son du vent, sa pensée malade. Quelques minutes plus tard, il courait atteler au
vieux boggey Ivan, le cheval noir, jadis fougueux, maintenant presque aussi abruti que son maître.

Dans la poussière accrue, Martha vit passer l'équipa-
ge. Stépan, debout, secouait les rênes. Avec des cris
rauques, comme un cosaque sur sa monture, il lançait
sa bête sur la route de Codessa.

Lui aussi, pensa-t-elle, se mourait de soif et s'en allait
vers ce que son démon lui représentait être secours et
bienfait. Mais l'alcool ne ferait jamais que brûler davantage la pauvre âme presque détruite.

VII

Quand il eut franchi un bout de chemin, Stépan, époumonné d'avoir tant crié contre son cheval, lui-même et le vent, s'assit enfin et aussitôt s'affaissa en un paquet mou, les yeux rougis, les cils et toute la figure enduits de la poussière qui y collait. Il prit un air hébété. Après ses coups de colère, il tombait dans des états de morne stupeur. Il pouvait alors rester des heures à peine conscient des gestes auxquels il se livrait, de ses paroles et même de ses pensées qu'il suivait de loin, sans intérêt, comme si elles ne lui appartenaient plus. Même l'assurance d'avoir vécu lui manquait alors, ou, du moins, sa vie lui apparaissait comme un seul long jour monotone, un jour de quelque trente années d'un bout à l'autre sans repères, sans événements, sauf peut-être cette scène que tout à coup il revoyait avec assez de clarté : en Volhynie, la famine sévissait ; les siens avaient commencé de montrer les hideux symptômes de la faim à l'état chronique, visages creusés, côtes saillantes, le ventre gros cependant, et, dans les yeux une expression telle que ce seul souvenir, en dépit de

la plate uniformité de tant de jours pareils, il ne l'avait
jamais tout à fait oublié.

Puis glissait devant lui un grand pan d'espace et de
temps. Il se trouvait comme sans transition en des
champs de haut blé mûr. Une batteuse grondait ; le
grain filait en une inépuisable rivière, emplissait des
wagonnets, puis des granges, puis d'autres granges, puis
enfin devait rester en tas sur le sol, exposé à l'hiver
imminent. On ne savait plus qu'en faire, c'était partout
la même effroyable abondance. L'invraisemblable récolte de cette année-là confondait ; on avait parlé de
brûler l'excédent. Or une lettre vers ce temps lui arrivait de Volhynie ; elle lui apprenait la mort de la mère,
survenue à la suite de la famine. Pour ne pas laisser
moisir et se perdre complètement son blé, Stépan en
donnait alors à manger à ses cochons. Ainsi étaient
curieusement liées ces choses en son souvenir : la lettre
de Volhynie, les yeux égarés des gens qui ont faim et,
fouillant l'auge pleine, le groin avide des porcs, leurs
petits yeux brillants de contentement.

Que se rappelait-il encore du long jour aride et ven-
teux de sa vie ? Un soleil sec, brillant ; et puis, tout à
coup, des tempêtes furieuses, un froid brutal, tant de
neige que chacun de Volhyn était prisonnier chez soi
des semaines durant, sans nouvelles même du plus proche voisin. Des écarts pareils, pareilles invraisemblan-
ces : de quoi faire douter un homme de son bon sens,
de sa propre réalité. Et c'était au bout d'une telle vie,
comme pour la remercier et la célébrer, que Martha
cultivait encore des fleurs.

Stépan tressaillit, revint au présent sous le choc de l'animosité. Il lança quelques coups de fouet à son cheval, s'agita, jeta subitement une longue plainte. Il n'en pouvait plus de voir d'autres chérir cette vie que lui eût voulu livrée à l'exécration de tous.

Quelques maisons dépassées, on entrait pour assez longtemps dans une zone de marécages, terres encore plus basses, humides, aux joncs pourrissants, à l'odeur de vase, et que traversait de loin en loin le cri angoissé des oiseaux. Stépan s'abîma, se perdit dans une somnolence de l'esprit où presque plus rien n'arrivait jusqu'à lui.

Mais soudain un visage d'enfant traversa le brouillard de sa pensée, il lui apparut tout à coup aussi vivant et vif que s'il fût sorti à l'instant des herbes du marais. De petits pieds nus dansèrent sur le sol battu, devant une pauvre cabane ; les tresses de la petite fille voltigeaient autour d'elle. « Irina », faillit appeler Stépan. Guetté par l'attendrissement, il empoigna ses moustaches, les tordit, puis se défendit du souvenir par un flot de reproches rancuniers. Des enfants, il n'en avait plus, il n'en voulait plus depuis que, l'une faisant sa mijaurée, les autres, leurs petits seigneurs, ils ne s'étaient montrés à Volhyn que pour donner des conseils : « Vous devriez faire comme ceci, cultiver autrement, vous y prendre comme cela... » Ou encore, griffonnés en anglais au dos de cartes postales, on recevait d'eux de petits messages, avec « leurs amitiés et bons souvenirs », et, de temps en

temps encore, une vraie lettre qu'ils n'adressaient plus
qu'à Mrs. Yaramko. La dernière, Stépan l'avait inter-
ceptée, jetée au feu — ça leur apprendrait à se liguer
contre lui avec Mrs. Yaramko.

Mais si cependant elle était vraiment malade, malade
à quitter ce monde ! Comment savoir ? La vie est mystérieuse, la maladie encore plus, tout est indéchiffrable.
Une angoise traversa en vol rapide les pensées de Stépan. Ce n'était pas tout à fait du chagrin, ni du regret,
mais de la peur plutôt, un sentiment encore informe
dont il ne saisissait pas la nature.

Enfin, il sortit des marais odieux, de leur sifflement
d'herbes en lanières, de leur odeur fétide. L'atmosphère
s'assainit. Le pays changea. Stépan entrait dans une
région fertile. Des maisons de ferme apparurent, bien
tenues celles-ci, entourées de havres de verdure qui les
tenaient à l'abri du vent, elles et leurs granges proprement rangées, leurs moulins à ailes métalliques pour
pomper l'eau du sol ou même encore des appareils pour
faire de l'électricité.

Un amer sentiment de rancune empoigna Stépan. Il
voyait des clôtures en parfait état délimitant l'ensemble
d'une ferme d'une propreté rigoureuse ; devant des maisons, plus semblables à des habitations de ville que de
la campagne, étaient rangés un tracteur, un grand camion rouge, parfois même une auto de marque récente
dont la carosserie étincelait au soleil.

« Ça ne durera pas... » allait-il se dire sans doute comme à son habitude pour se remonter. Mais il lui apparut soudainement qu'au contraire s'installait pour

longtemps cette prospérité, cette aisance, cette belle vie
des Ukrainiens d'aujourd'hui, au reste due pour une
bonne part aux efforts insensés de l'époque pionnière,
cette génération-ci récoltant dans la joie ce qui avait
été semé par la précédente dans l'amertume. Stépan,
roulant des yeux stupéfaits, se sentit la victime de la
plus profonde injustice qui soit.

Des bruits de voix et d'activité humaine pénétrèrent
ses pensées. Il entrait dans Codessa. Levant les yeux,
il fut décontenancé... comme s'il arrivait pour la première fois de sa vie dans un village et tel qu'il n'en eût
jamais vu de pareil. Ce n'est pas qu'en semblable après-
midi de vent chaud le village fût très animé. Trop proche encore rôdaient l'infini silence et la sauvagerie de
la plaine. Mais ce rappel pathétique rendait peut-être
d'autant plus saisissant le spectacle, entre deux aperçus
d'immensité, d'une large avenue commerciale concen-
trant en deux pâtés de maisons presque toutes les affaires de Codessa. L'enseigne d'une petite imprimerie, une
annonce de cinéma, deux banques situées porte à porte,
la vitrine d'un de ces magasins à libre service par laquelle on apercevait les stocks rangés en longues allées ;
ensuite une boutique de cordonnier, puis le bureau de
la municipalité installé dans une sorte de grange, à côté
celui du ministère de l'Agriculture, guère mieux logé ;
plus loin encore, la teinturerie, un garage, des pompes à
essence, un cimetière d'autos et enfin, là-bas, un peu en
arrière, le dôme allongé du curling, voilà ce qu'était

le cœur de Codessa. Stépan clignait de l'œil, ébahi. Il n'en revenait pas.

Au reste, à cause de la violente chaleur sans doute, les gens étaient terrés chez eux. Avec ses banques, ses magasins, son garage, pour l'instant à peu près vides, Codessa semblait donc surgi de terre pour le bref moment d'une vie sans réalité.

Stépan mit pied devant la taverne, attacha son cheval à un poteau d'arrêt, s'engouffra dans l'intérieur mi-obscur.

Quelques vieilles faces rongées de poil, au regard perpétuellement dépaysé, levèrent paresseusement l'œil sur lui comme pour une interrogation plutôt qu'en signe d'amitié.

— Salut, Yaramko de Volhyn, entendit-il de part et d'autre.

Il grogna quelque vague réponse bourrue, s'assit et commença de boire.

Un peu plus tard, sous le coup de l'ébriété, les paroles lui venaient. Et voilà, se laissait-il aller à dévoiler : Martha était malade. D'abord, cela avait pu paraître une feinte, histoire pour elle de se dérober aux tâches les plus dures et de ne se réserver que celles qui lui plaisaient. Ainsi avait-il pensé. A présent il ne savait plus trop. Peut-être était-elle malade pour de bon. Son caractère avait changé. Une personne presque douce maintenant, alors qu'autrefois on pouvait se rappeler, n'est-ce pas, combien jalouse et coléreuse elle savait se montrer.

Puis, se taisant, Stépan entrevit une possible vérité à ce qu'il venait de dire. Il n'aurait pas dû parler. Tant que les choses n'étaient pas dites, on pouvait faire semblant de ne pas les connaître; on pouvait faire comme si elles n'étaient pas.

Ses yeux méfiants épièrent les physionomies autour de lui, se portèrent vers le rectangle de lumière du seuil. Il se fit à lui-même des signes comme pour s'engager à retenir sa langue. A qui un homme pouvait-il se confier ? Y avait-il sur terre une seule oreille sûre? Malgré lui il s'aventura de nouveau dans les paroles. Sa langue était épaisse déjà, ses yeux vagues.

— Peut-être bien, dit-il, que Martha va mourir.

Et il demeura stupéfait de reconnaître enfin qu'il avait su cela au fond de lui-même depuis assez long-temps

— C'est pour se plaindre de moi, avoua-t-il. Je la connais. Toujours elle a eu son idée de partir la première, d'avoir sur moi une petite avance pour débiter ce qu'elle garde sur le cœur contre moi. Elle est comme ça, Martha.

Il laissa traîner son regard sur l'un et l'autre des buveurs qui à présent lui montraient quelque intérêt. C'était un regard aux aguets, rusé, vindicatif et implorant.

— Hé, toi, Fédor, dit-il, s'adressant à l'un des vieux qui étaient venus en même temps que lui de Volhynie, crois-tu donc que les vieilles femmes venant à mourir avant nous trouvent de l'autre côté quelqu'un qui écoute leurs doléances ? En fait, y a-t-il quelqu'un pour écouter qui que ce soit ?

Puis Stépan se mit à rire bruyamment, en essuyant ses moustaches mouillées de bière. Il pensait que Martha à cette heure quittait sans doute son précieux jardin pour aller traire les vaches. Ça lui apprendrait, ça lui apprendrait !

— Hein, Fédor ?

Celui-ci en silence paraissait chercher au fond de son verre la réponse à cette embarrassante question. C'était un frêle vieillard de la première équipe, de ceux qui s'étaient efforcés, presque sans outils, de se tailler un abri, des tâches quotidiennes, quelque chose de mesuré, de vulnérable et d'humain somme toute, dans l'ampleur des horizons inaltérables. Il lui en était resté un sentiment d'égarement, la notion de la futilité des entreprises humaines. A présent, en trois jours il dépensait à la taverne sa pension de vieillesse, subsistant ensuite d'un petit vin aigre qu'il fabriquait à partir de baies sauvages. Il gîtait, à la sortie du village, sous un toit de tôle, dans une sorte de case faite de rebuts divers qui le tenait à peu près abrité des vents. Il avait gardé le goût des spéculations périlleuses au bord de l'éternel silence. Et qu'eussent-ils cherché, ces pauvres gens, sinon le fond de ce silence ?

— Si quelqu'un écoute les bonnes femmes ? reprit-il enfin. Dieu en somme ? Ça se peut, ça se peut bien, Stépan Yaramko.

Tous écoutaient à présent avec attention ce qu'allait leur raconter le bonhomme.

— Il faut que Dieu écoute quelqu'un, s'aventura Fédor. Or bien, il n'écoute pas les vivants. Pas à ma connaissance, en tout cas. Morts, il doit nous écouter, c'est mon idée. Car, poursuivit-il, ayant consulté du regard ceux qui l'entouraient et vu qu'ils l'approuvaient, il faut au Seigneur des renseignements sur nous, les hommes. Et où les obtiendrait-il, sinon des âmes, quand elles se présentent à lui ?

— Des rapporteurs, donc ? demanda l'un.

— Des témoins, plutôt, dit Fédor. A mon idée, c'est d'eux que le Seigneur tient ses renseignements. Ce sont des renseignements sûrs. Les seuls vrais peut-être. Et de qui, fit-il, s'animant davantage, le Juge aurait-il des renseignements exacts ? Pas des vivants. Ceux-là, c'est connu, mentent tous plus ou moins. Où as-tu vu, demanda-t-il à Stépan, qu'un vivant n'est pas plus ou moins menteur ? Tant qu'on vit, dit-il, on ment.

Stépan s'affaissait. Ah, c'était bien vrai : on vivait, on mentait. Mais est-ce que l'on mentait par plaisir ou parce qu'on n'y voyait pas clair ? Et maintenant Martha allait témoigner contre lui. Patiente, douce, occupée des fleurs, ah ! oui, elle agissait bien comme quelqu'un qui est sûr d'avoir bientôt l'oreille du Juge.

Soudain il frappa sur la table avec violence. Cette chose-là, il ne pouvait pourtant pas la laisser s'accomplir. N'y avait-il pas moyen de lui lier la bouche ? A la maison, pendant des années, il y avait réussi.

Ah oui, peut-être était-ce possible sur terre, dit Fédor. Mais ensuite c'était chose extrêmement difficile.

A peu près complètement ivre à présent, Stépan se livrait à un effort grotesque pour suivre, à son bourdonnement, le vol d'une mouche affolée. Un vague projet le tentait tout à coup comme une vengeance. S'il la faisait soigner, sa pauvre vieille ? S'il l'emmenait, au besoin, jusqu'à Edmonton sous le couteau des chirurgiens ? Tous ses sous y passeraient et il se vit sur la paille, ayant bien en vain sacrifié toutes ses économies, puisque Martha ne se remettrait sûrement jamais assez pour l'aider aux grands travaux. Une vieille femme redevenait-elle une femme jeune ? Une femme usée, une créature robuste et alerte encore ? Des larmes lui vinrent. Amassées au bord des cils, elles marquaient presque mieux que le regard la place des yeux au fond de ce visage comme herbeux. Il renifla encore un coup, sa tête roula. Bientôt il dormait à moitié, les coudes sur la table, le front caché dans ses mains.

VIII

Le crépuscule était depuis longtemps venu, grave et poignante illumination répandue sur le versant ouest du ciel. L'horizon lui-même ne semblait pouvoir s'arracher à la contemplation de son propre enchantement. A cette heure que Martha aimait de plus en plus, elle restait assise face au ciel rouge, se demandant ce que pouvait signifier cette incandescence sur laquelle toutes choses se découpent en noir et paraissent plus que jamais à la fois transitoires et magnifiques. La plaine, à cette heure, semblait encore si possible s'élargir ; pourtant l'âme humaine n'en était que davantage portée à la confiance. Mais peu à peu la longue plainte des animaux retenus dans le corral parvint jusqu'à elle. Car Stépan ne s'en était pas soucié et, le pis gonflé, les vaches souffraient. Pauvres créatures ! N'était-ce pas assez de ne vivre que pour être utiles à l'homme ? Fallait-il encore laisser souffrir ce qui est sans raison ?

Elle alla quérir ses seaux, elle s'engagea dans la prairie herbeuse pour gagner, tout au fond, dans leur corral pelé, les animaux qui, la tête tournée vers la maison, appelaient. Quand s'éclairait la basse petite fenêtre du feu de la lampe, on aurait dit que leurs plaintes rendaient un autre son, peut-être de confiance.

Naguère, traire les vaches avait été pour Martha une des plus agréables tâches. Elle s'asseyait sur un tabouret bas, le front appuyé au flanc tiède de la bête que parcouraient les mouvements de la rumination ; le lait faisait entendre contre le seau un bruit clair, un peu grêle qui s'épaississait. On était talonné, il est vrai, par les mouches et des insectes de toute sorte, souvent piqué cruellement. Par ailleurs, la tâche n'empêchait pas le regard d'errer sur le pays alentour, et c'était à cette heure-là que Martha en avait le mieux découvert la beauté. Elle se rappelait de curieux et brusques élans de bonheur — comme des bouffées de parfums venus à travers les champs — justement peut-être parce qu'elle s'y attendait si peu. Longtemps, du reste, au cours de sa vie d'incessante besogne, ces moments-là avaient été ses seuls moments de détente. Elle se souvenait encore d'une bête très douce, très obéissante. Elle n'avait qu'à lui dire : « Retiens ta queue, fais attention », pour que la petite vache rousse, même au pire temps des mouches, ne protestât plus que de ses pauvres oreilles constamment agitées.

Comme elle s'apprêtait à ramener de la traite les seaux pleins, Martha s'arrêta, jugeant absurde d'user ses dernières forces à vouloir conserver un peu de lait, à conserver quoi que ce soit qui ne s'emporte pas définitivement. Sa vie avait été faite de ce besoin. Pourtant elle n'emporterait pas davantage ses fleurs. Qu'est-ce donc alors qui l'avait inclinée de leur côté ? Elle se le demanda, ne trouva aucune réponse satisfaisante. Sans doute eût-il fallu être une autre qu'elle-même pour donner réponse à ces incessantes questions que se posait Martha.

Elle donna à boire aux vaches le lait qu'elle leur avait retiré, n'en gardant au fond du seau qu'un peu pour la chatte et aussi pour le « vieil ours ». Malade de ses ribotes, il serait peut-être content d'en trouver une petite jatte mise à refroidir.

Elle se pencha pour passer sous le barbelé ; après l'herbe rongée du corral, elle trouva doux de marcher dans la prairie. On l'avait jadis plantée de *timothy*, mais les antiques herbages avaient repris le dessus, la fléole des prés, les agrostis purpurins, le foin fou, des élymes à épis raides, le vulpin, une grande masse herbeuse parcourue sans trève d'un va-et-vient de vie. Même par un soir calme comme celui-ci, la plaine tout entière refluait doucement sur elle-même, repartait en une longue houle tranquille vers l'horizon lointain. A cette heure tardive de l'été et de sa vie, Martha s'émerveilla une fois encore du visage à la fois si délicat et si impénétrable qu'avait eu pour elle la solitude de Volhyn.

De retour chez elle, elle se laissa aller sur le banc contre la maison, ressentant en un coup toute la fatigue de l'effort auquel elle venait de se livrer. Tel était son épuisement qu'il lui sembla ne plus pouvoir atteindre ses propres pensées. A peine pouvait-elle encore les percevoir, à une grande distance d'elle, sous forme de rêves plutôt que de réflexions, de vagues ombres amies et qui toutes semblaient avoir trait à l'étonnement profond de ce qu'est cette étrange vie humaine.

Elle rentra, but une gorgée de thé refroidi. Puis, un petit pot de lait caillé à la main, elle vint sur le seuil en manger quelques cuillerées tout en regardant pensivement le beau côté encore coloré du ciel, alors que tout le reste avait déjà versé dans une obscurité profonde. Sous le fichu blanc il n'y avait guère de visible au fond du visage que les yeux fixés avec une singulière insistance sur cette teinte vive du ciel, palpitation ultime de rouge et d'or fondus, comme un sommeil embelli de songes.

Martha entra de nouveau, rinça son bol, rangea la petite cuisine. C'était une pièce douce, un peu inquiète, qui semblait avoir retenu qu'ici une âme prise d'ennui, pour y échapper, avait humblement tâché de tout embellir autour d'elle. Autrefois Martha l'avait peinte en bleu delphinium avec une bordure étroite à mi-cloison en couleur jonquille. Du plafond bas à grosses poutres pendaient des oignons tressés, des faisceaux de pavot mis à sécher, des épis de maïs en gerbes, dont il se détachait une fine odeur d'automne. Les vieilles armoires paysannes, naguère peintes en bleu comme les murs, s'ornaient de dessins qu'elle avait exécutés d'après un motif. La table était recouverte d'une nappe cirée à grosses fleurs rouges sur un fond bleu et jaune. Toutes ces couleurs jadis si vivantes se mouraient lentement, avec douceur, et parfois, comme ce soir, les reflets de la lampe leur communiquaient une fugitive animation, un dernier et faible effort pour revivre.

Martha revint sur le seuil. Elle eut l'idée de chercher au loin dans la plaine un arbre isolé qu'elle connaissait depuis toujours. La nuit était à présent d'un bleu sombre. Et sur ce bleu profond, toute chose devenant silhouette, elle repéra aisément le petit arbre, quoiqu'il fût loin. Avec son feuillage rabattu sur lui en capuchon, ses branches basses écartées comme des jambes, il lui avait longtemps paru en marche, tel un moine, un pèlerin peut-être, quelqu'un en tout cas qui semblait venir de très loin à pied. Bien des fois, dans l'intensité de sa solitude, Martha était venue sur le pas de la porte uniquement pour retrouver au loin la silhouette toujours marchant, toujours ployée sous un inlassable effort. D'autres avaient-ils pu avoir dans leur vie un aussi étrange compagnon ? Elle en avait fait en esprit tout ce que l'on peut imaginer, par exemple un colporteur dont le sac contenait quelques graines de fleurs rares. Ou encore quelqu'un qui aurait rencontré ses enfants et lui apportait de leurs nouvelles.

Ensuite le regard de Martha s'arrêta sur le frêle bois de trembles. Il faisait entendre ce soir un léger bruit semblable aux voix de quelques personnes qui eussent parlé bas et amicalement dans l'obscurité.

Avec ce seul groupe d'arbres comme instrument, l'air avait inventé tant de sons réjouissants pour l'âme. Martha chercha à se les rappeler tous, mais c'était impossible. Souvent les arbres avaient imité à s'y méprendre

la pluie ; ils avaient fait claquer leurs feuilles comme
des castagnettes en une lointaine fête de jeunesse ; parfois leur bruissement très doux avait pu faire penser à
de la sympathie pour la peine des humains.

Martha songea aussi à saluer le ciel géant qui se fon-
çait et allumait ses étoiles si bas cette nuit qu'on aurait
pu les prendre pour les feux de nombreuses maisons
dans l'infinie plaine de Volhyn. Était-ce une image
d'avenir que voyait Martha ? Se pouvait-il que se peu-
plât enfin la solitude du monde ?

Elle ferma la lourde porte avec un coup de genou
pour la bien enfoncer dans son cadre mal joint. Elle
s'engagea dans l'escalier raide à coude aigu où elle souffla un moment en songeant à de grandes choses bizarres ; ainsi, au-dessus de cet escalier exigu, vit-elle comme jamais l'immensité du ciel. Elle gravit quelques
autres marches. Elle mit du linge propre, elle s'allongea sur son lit et, les yeux au plafond, retrouva encore
une fois le sentiment du si vaste ciel qui l'avait vue
vivre.

Pourquoi, mais pourquoi donc ai-je vécu ? se demandait Martha.

IX

Vers onze heures, ce matin-là, Stépan, entré dans la maison sous un prétexte quelconque, dressa la tête, écouta, ne saisit aucun bruit venant de la mansarde. Que faisait-elle donc ? N'allait-elle plus descendre comme toujours pour s'occuper de lui, d'elle-même ? Qu'était-ce que cette immobilité ? Allait-elle maintenant rester au lit ?

Il ressortit, fit mine de s'employer à quelqu'une des innombrables besognes qu'il avait sur les bras, toutes au reste depuis si longtemps délaissées que cela ne valait peut-être plus guère la peine de s'y mettre. Était-ce même possible de sauver la pauvre récolte desséchée sur pied ? Tout allait depuis bien trop longtemps ici à la va-comme-je-te-pousse, un homme seul, sans soutien contre tant de besognes, qu'y pouvait-il ? Autant donc se laisser tout de suite enterrer par les tâches, s'y laisser ensevelir, sans plus même lever le petit doigt. Mais Martha ? Aurait-elle faim ? Conviendrait-il de lui porter à manger ? Un homme servir une femme ! Le monde à l'envers, quoi !

Il revint vers la maison, entra, alla jusqu'au pied de l'escalier pour écouter, en retenant son souffle, un bruit de vie là-haut. Rien toujours. Devrait-il aller voir ? C'était gênant. Car, une fois en haut, que dirait-il ? Sans doute faudrait-il murmurer quelque parole, poser du moins une question. Il réfléchissait, ses gros sourcils noués, sa bouche sous la forte moustache dessinant des mouvements d'objection. Fédor — mais veuf, il en pouvait parler à son aise — avait soutenu qu'il n'est qu'un moyen peut-être d'acheter le silence de ceux qui vont s'en aller de ce monde, et c'est de leur parler avec abandon comme si cela n'engageait plus du tout. Oui, mais savait-on si cela n'engageait pas ?

Enfin, Stépan mit de l'eau à bouillir, y jeta une poignée de flocons de maïs. Quand le brouet commença à épaissir, il en versa dans un bol, planta dedans une cuiller, et, l'apportant avec un peu de lait, s'annonça dans l'escalier à râclements de la gorge. Il espérait que tout se passerait sans qu'il eût à ouvrir la bouche. Car que dire ? Et surtout comment la nommer, elle ? Dire simplement : Martha, impossible. L'habitude en était depuis trop longtemps perdue ; ce serait aussi gênant que si, par exemple, il se présentait à elle le visage rasé.

Il arriva en haut de l'escalier, jeta un regard de biais sur Martha dans son lit, mit le bol de gruau entre ses mains. Il avait pensé dire quelque chose comme : Mange un peu, mais même cela était au-dessus de ses forces. Elle-même, en levant sur lui ses yeux perplexes, parut sur le point d'ouvrir la bouche. Mais pour elle aussi sans doute il était trop difficile de parler. Cependant, elle prit la cuiller, goûta le brouet, en reprit une petite cuillerée encore.

Donc, c'était mangeable, c'était peut-être bon et, sans doute, quand il aurait le dos tourné, elle finirait le bol. Ainsi reprendrait-elle des forces. Peut-être même allait-il la sauver maintenant qu'il s'y était mis ; de s'engager définitivement par des paroles ne pressait donc pas tant.

Il descendit, allait retourner aux champs, peut-être malgré tout s'atteler à l'une ou l'autre besogne, la première ferait tout aussi bien qu'une autre, car aucune ne l'avancerait véritablement. Il s'aperçut alors que les poules entrées dans le jardin s'en donnaient à cœur joie ! gratte par ici, gratte par là, déterre cette racine, expose cette autre, arrache cette tige. Cent fois par jour, naguère, il avait vu Martha accourir en agitant son tablier pour chasser les intruses avec des cris, presque des plaintes. Et tout à coup, sans s'en rendre compte, il en faisait autant, fonçant sur les volatiles, tête baissée, les bras en moulinet. Quand il les eut ramenées dans leur enclos, il s'aperçut que ce n'était partout que brèches. Il redressa un bout de broche, s'efforça de l'étirer pour le joindre à une autre broche tordue ; tout ici, la ferme, les champs, était à l'avenant de cette clôture lamentable. Est-ce qu'un rafistolage valait la peine ? Pendant qu'il s'évertuait à boucher une large brèche, il leva la tête, repris de méfiance, et vit à la fenêtre le blanc visage de Martha. Ainsi elle avait donc encore espoir en lui. Il abandonna la clôture, s'en fut à pas rapides se plaindre à grands flots sous le ciel lourd d'orage. Prendre ses tâches par un meilleur bout, par exemple faucher un peu de blé, était-ce possible ?

Oui, mais une pièce défectueuse de la faucheuse n'était pas revenue de la réparation, il avait d'ailleurs oublié de s'informer à Codessa s'il pouvait compter dessus. Du reste, brouillé avec tout le monde à Volhyn, trouverait-il seulement quelqu'un pour venir battre le blé chez lui ?

Un peu plus tard, Martha entendit de nouveau sous sa fenêtre le familier bourdonnement de voix s'accompagnant d'un grand bruit d'efforts et de chocs. Elle tira un peu le rideau, aperçut Stépan en train de nettoyer le petit bois comme en Pologne. La surprise pâlit davantage son visage. S'aidant de grognements, Stépan tirait à lui pour les empiler plus loin en un bûcher les vieilles caisses éventrées, le siège de boggey au cuir déchiré, des bottes de caoutchouc en lambeaux et quoi encore : des bidons crevés, des treillis rouillés, tout le dépotoir enfin ! Et le taillis se reprenait à respirer. Il réapparaissait peu à peu comme au premier temps de sa vie, pur, jeune, et laissant apercevoir au fond, sous ses branches, le lointain lumineux de la plaine. Or Martha aussi respira tout à coup librement comme si, le bois de trembles nettoyé, elle voyait enfin accompli l'un des derniers commandements de son destin.

X

L'été à Volhyn paraissait déjà n'avoir été qu'un songe. Le matin, Martha, de son lit, écartait les rideaux devant la fenêtre et pouvait voir les ravages de l'automne. Seules tenaient les plus robustes de ses fleurs, les zinnias, puis un glaïeul épargné par on ne savait quel privilège, enfin certaines roses parmi les plus rares qui se hasardaient encore à fleurir à la veille du gel.

Elle pensait à l'été, à tout ce qu'elle avait fait dans sa vie en faveur de cette courte saison, pour la retenir, l'embellir, la voir resplendir. Combien en effet ne l'avait-elle pas chérie, comme si pour l'été seulement il valait la peine de se mettre en frais d'espoir. L'été est un grand mystère, pensait-elle, autant que l'espoir, autant que la jeunesse. Car, vieille, brisée, presque morte en vérité, voici que Martha retournait, comme pour se chercher elle-même, dans les lointaines régions de sa propre jeunesse. Elle s'apercevait alors que sa robuste santé perdue, son énergie vitale, son amour et son ardeur à vivre étaient à ses yeux la part vraie d'elle-même.

Elle se disait à propos de cet être jeune, presque totalement disparu : Pourtant, c'était bien moi. C'est maintenant que je ne suis plus moi. Et elle en éprouvait de l'étonnement et de la peine comme si elle se fût trouvée devant l'essentielle injustice faite à la vie humaine.

Elle en venait à penser à ses enfants. Pour s'assurer de leur existence malgré le lien immensément relâché d'elle à eux, elle se répétait leur nom et aussi les noms des endroits où ils vivaient.

Allait-il être temps bientôt de les faire venir ou était-ce encore trop tôt pour les déranger ? Au reste, comment s'y prendre ? Si elle guettait Mikael Stroulikov qui passait tous les jeudis pour la cueillette de la crème, saurait-elle lui confier quelque message qu'il ferait parvenir aux enfants ? Mais s'ils allaient être mal accueillis par leur père... Stépan était bien capable, à cette extrémité encore, de leur fermer la porte. La pensée de Martha se perdait en conjectures. Par les fils du téléphone qui conduisaient les paroles, ne pourrait-elle pas communiquer directement avec ses enfants ? Elle se plaisait à de tendres pensées à leur égard que les fils à l'instant même peut-être captaient pour les emporter vers Irina à Prince-Albert, vers Taras à Moose Jaw, vers Stanley à Rorketon. Et les noms de ces villes inconnues étaient pour elle pleins d'un douloureux et captivant attrait.

Cependant, se disait Stépan, il serait temps sans doute de parler. Là était le plus difficile. Tout le reste n'était rien auprès de cet effort. C'est qu'une fois abandonné, il devient presque impossible de le reprendre. Stépan y pensait le jour, il y pensait la nuit. Aussi, comment prévoir lorsque, pour une raison ou pour une autre, on décide de ne plus parler qu'à soi peut-être encore un peu, que plus tard, à cause de tout le silence accumulé, il sera si grave, si effroyablement compromettant de briser enfin le mur ?

Au fait, depuis combien de temps durait-il, ce silence ? Deux ans, trois, ou plus encore ? Quand donc avait eu lieu cette dernière querelle au sujet des enfants, à partir de laquelle Stépan et la vieille femme ne s'étaient pour ainsi dire plus parlé ? Et où faudrait-il recommencer ? Là où le langage entre eux s'était interrompu ; ou bien n'importe où, à propos de n'importe quoi, du temps qu'il faisait par exemple ? Dans l'obscurité, Stépan se raclait la gorge, toussotait, essayait des mots qu'il ne parvenait pas à prononcer. Était-ce vraiment si difficile de dire : « Il fait froid... Cette fois, je le crains, vieille femme, le gel va sûrement passer. Ce sera la fin des fleurs, du jardin et de l'été, mais tout cela après tout n'est-il pas un soulagement ? »

Cette nuit, en effet, le froid fut si vif que Martha frissonna sous le chaud édredon de plume. C'était une de ces nuits d'octobre qui dévaste en quelques heures ce qui reste du patient et incomparablement fin travail de l'été. Au matin, le ciel fut du bleu clair et précis qui annonce l'hiver.

Martha hésitait à regarder du côté du jardin. Qu'y verrait-elle sinon les fleurs flétries, la mort même de l'été ? Pourtant, elle tira le rideau, jeta les yeux sur le petit carré de terre où elle avait entretenu, autant peut-être que ses fleurs, la vie de son âme. Entre des herbes raidies de gel, elle aperçut, intactes pour un jour encore, ses asters d'or, des chrysanthèmes mauves et quelques-unes des roses d'Inde qui lui rappelaient Loubka et cette chose si consolante, qu'elle du moins avait eu une vie heureuse avec ses enfants auprès d'elle et un bon mari qui, chaque jour, lui avait parlé.

Alors, écartant davantage le rideau, elle vit, au ras de la maison, une grosse main calleuse, usée, si pathétique, qui retirait les petits capuchons de papier dont les plantes avaient été coiffées la veille pour les aider à résister au froid de la nuit. La pile des imprimés de Codessa avait dû y passer ; maintenant le pauvre vieil homme n'aurait même plus de lecture pour les jours froids et solitaires de novembre.

En même temps parvint à Martha la voix maugréante de Stépan, elle se jeta vivement en arrière avant qu'il ne surprît son visage à la fenêtre, et ne se sentît surveillé.

Pourtant ce qu'elle avait fait pour ses fleurs au temps de leur plus atroce misère, le vieux venait de le lui rendre sans se douter qu'il faisait déborder en tendresse la coupe d'amertume. Mais elle ne pouvait en témoigner ; cela aurait trop vivement effarouché son vieil ours.

Cette nuit, elle pensa à l'immortalité. Se pouvait-il qu'en des régions inconnues survécussent les âmes ?

Pour certaines, cela était peut-être possible ; pour des
âmes hautes, de nobles et profondes intelligences dont
on ne se fût jamais consolé de penser qu'il ne restait
rien d'elles. Mais Martha ! Une vieille femme ignorante que même ses enfants dépassaient d'infiniment
loin, en quoi mériterait-elle d'être recueillie quelque
part hors de ce monde ? Non, elle ne pouvait s'imaginer vivant toujours, se survivant. La destination était
trop haute, la fin trop grande pour la vie qu'elle avait
vécue. Pourtant, que rien d'elle ne subsistât dans l'esprit
et le son du vent, dans la douce plainte des herbes, dans
le murmure du petit bois de Pologne, lui était malgré
tout un chagrin.

Les heures s'épuisaient. Elle n'avait d'autre calmant
que l'aspirine achetée à Codessa par Stépan. Elle força
la dose ce soir, avertie mystérieusement qu'elle n'avait
plus guère à la ménager. Souffrait-elle beaucoup ?
Même cela, elle ne le savait pas. Il aurait d'abord fallu
connaître jusqu'à quel point souffraient les autres, et on
n'en n'avait jamais qu'une faible idée. L'aspirine en
tout cas la soulageait un peu. Dans ce peu de bien-être,
ses pensées, comme déjà libérées, s'élevaient, s'en allaient dans le passé rejoindre un air de musique lointaine. Un air qui avait trait à l'été — toujours donc
l'été, saison de la vie, saison du cœur — qui exaltait
la chaleur, les cerisiers en fleurs et parlait aussi de jeunes hommes et de jeunes filles réunis pour danser sur
l'herbe d'un pré autour d'un arbre isolé. Ainsi, par
quelques bribes de mélodie que retrouvait son souvenir,
par quelques paroles lui revenant à l'esprit, elle se sentait rejointe mystérieusement par une âme inconnue

d'elle, dont la nostalgique tendresse était toute vivante
encore dans ce vieux chant d'Ukraine. L'immortalité,
était-ce donc vrai ?

Et que marmonnait donc à ce propos le vieux pope,
lorsque venu enterrer l'un d'eux encore, il s'adressait à
la poignée de survivants au bord de la terre creusée où
bientôt ce serait leur tour d'être descendus ? Presque
toujours c'était par des temps d'automne qu'avaient lieu
les enterrements et le vent fou emportait au loin la
moitié des paroles de consolation. Martha croyait cependant se rappeler qu'en ces jours de séparation, le
pope parlait d'espace, d'espace sans limites, incommensurable dans la distance et dans le temps. Mais d'espace infini et de majesté elle en avait eu assez, elle demandait grâce, elle demandait l'oubli, elle songeait aux
herbes de la plaine qui se plient si docilement au moindre souffle d'air.

Un coup de vent impétueux passa au-dessus de la
petite maison, l'ébranla comme pour l'emporter, se perdit dans les hauteurs du ciel. Le vent, elle l'avait si
longtemps écouté et avec une telle patience qu'elle put
cette nuit encore en démêler sans peine les éléments
épars : sa voix soupirante dans le petit bois de trembles ; sur la plaine nue, son bondissement effréné ; auprès de la fenêtre un appel bref ; enfin, dans les infinis
parages d'en haut, une sorte d'immense et désespérante
interrogation. L'éternité, en fin de compte cela pouvait-
il être ? Que Martha elle-même eût été voulue, pensée,
et décidée par un Créateur ? Toutes ces choses étaient
pour elle trop vastes, trop difficiles. Elle écouta plutôt

le vent. Qu'il se souvienne parfois d'elle qui l'avait tant aimé, qu'en parcourant le pays, en remuant les herbes, il dise quelque chose de sa vie, cela suffirait, elle n'en demandait pas davantage ; que le vent dans son ennui se console encore en elle et elle en cet esprit errant... Tout à coup, des voix, les unes graves, d'autres haussées jusqu'à l'aigu, éclatèrent en chœur, comme si, au dehors, un peuple d'âmes chantait dans la nuit.

Martha croisa les mains. Elle eut un soupir. A cette humble immortalité de l'air, du vent et des herbes, elle confia son âme.

DOSSIER

EXTRAITS D'ENTREVUES AVEC GABRIELLE ROY

Sam Lee Wong, qu'on ne dise pas de mal de lui ! Son infinie patience, son incroyable docilité au sort, en font, à mes yeux, un être de courage. Qu'aurait-il pu faire d'autre que ce qu'il a fait, seul de son espèce, si loin isolé dans cette Saskatchewan poudreuse de son temps ? Sam Lee Wong me sert parfois d'exemple dans sa ténacité silencieuse. Stépan, bien entendu, n'est qu'une brute, pourtant cette brute en vient un jour à éprouver le souci de protéger du gel, pour une nuit encore, les fleurs du jardin de Martha. J'avoue qu'il m'a causé une grande surprise en accomplissant ce geste. Moi-même qui écrivais l'histoire ne m'y attendais pas.

Je n'aime pas avoir à défendre mes personnages. Cela me donne le sentiment d'avoir manqué mon coup et que tout serait à recommencer.

Il est vrai, lorsqu'on a eu le malheur d'écrire des livres, on est astreint à devoir toujours venir les expliquer. Il vaudrait mieux, je pense, se mettre à en faire d'autres.

Ce n'est pas moi qui réserve un sort malheureux ou non aux personnages de mes livres. Je les ai accueillis tels qu'ils se sont présentés à moi. Tout simplement j'ai peut-être une propension à mieux recevoir les affligés. Pourtant que j'aime aussi ceux qui savent nous réjouir !

Gabrielle Roy
Reproduit de *Romanciers du Québec*, Éditions Québec français, 1980

Gabrielle Roy also loves the hard-working people of the world, especially immigrants who have struggled to create a better life in Canada. When I mentioned, for example, that Sam Lee Wong, of « Où iras-tu Sam Lee Wong ? » in *Un*

Jardin au bout du monde, was one of my favorite characters,
Mme Roy's face brightened with happiness and tenderness,
as she put her arms around me, stating : « Nobody ever
speaks to me of Sam Lee Wong, that dear little man ! ».

Paula Gilbert Lewis
« The last of the Great Storytell-
ers » : A visit with Gabrielle Roy,
The French Review, U.S.A.,
décembre 1981

EXTRAITS DE LA CRITIQUE

Un jardin au bout du monde comprend donc quatre nouvelles, de longueur inégale. Deux d'entre elles sont des textes inédits, écrits au cours des dernières années, mais que Marc Gagné signalait déjà, en 1973, dans *Visages de Gabrielle Roy* (Montréal, Éd. Beauchemin, 1973, p. 287). Ce sont : *Où iras-tu Sam Lee Wong ?* et *Un jardin au bout du monde*. Quant aux deux autres, elles sont anciennes, et même contemporaines de *Bonheur d'occasion*. Elles avaient paru toutes deux dans *Amérique française*, *La vallée Houdou* en février 1945 (p. 4-10) et *Un vagabond frappe à notre porte* en janvier 1946 (p. 29-51). Vérification faite, les versions publiées aujourd'hui ne changent rien d'essentiel aux textes originaux, les seules corrections — mineures — étant d'ordre syntaxique ou typographique.

Malgré cet écart qui sépare la composition des deux parties du livre, celui-ci offre une très grande unité. Unité du décor, les quatre nouvelles se déroulant dans l'Ouest canadien, plus précisément : dans des endroits perdus de la Plaine, loin de toute civilisation et dans des villages à peine formés. Unité des personnages aussi, tous étant des colons récemment établis dans la prairie : une famille québécoise, un Chinois, des Doukhobors, un couple de Volhyniens, tous nés ailleurs puis immigrés en ce pays. Unité du thème enfin, celui de l'exil et de la solitude, ou mieux : de l'exil racheté, jugulé par le retour imaginaire au pays natal. Cette unité, qui embrasse des textes écrits pourtant à trente ans de distance, montre bien ce qu'il y a de permanent dans l'œuvre de Gabrielle Roy et fait voir cette œuvre comme la reprise inlassable des mêmes hantises, comme une recherche axée toujours sur le même but.

François Ricard
Livres et auteurs québécois, 1975, p. 22

Plus vivante que jamais, Gabrielle Roy atteint dans son dernier ouvrage, *Un jardin au bout du monde*, à une expression d'une perfection étonnante. Ce qui nous paraît d'une facilité déconcertante résulte d'habitudes littéraires longuement acquises, telles que vous la diriez maintenant dominée par un génie plus fort qu'elle.

Mais pourquoi parler de génie ou de technique là où seul le cœur conduit la plume ? Vraiment, à lire les quatre nouvelles qui composent le volume, on épuise les synonymes de délicatesse, de finesse, d'émotion et de tendresse. Non ! Gabrielle Roy n'a pas changé.

Elle écoute toujours les misères d'ici-bas, que celles-ci traînent dans Montréal ou qu'elles gîtent comme ici, dans l'ouest du pays.

Paul Gay
Le Droit, Ottawa, 15 juillet 1975

Indépendamment de tout ce qu'il apporte à notre connaissance de Mme G. Roy et de la littérature canadienne, « Un jardin au bout du monde » se lit (c'est le plus bel éloge qu'on en puisse faire) comme nous lisions, enfants, « l'Île au trésor » ou « le Tour du monde en quatre-vingts jours ». Il y passe toutes les bourrasques et toute l'aventure d'un continent.

Jacques Allard
Le monde, Paris, 29 janvier 1976

One cannot help but wonder how Gabrielle Roy does it ; that is, how relying so little on dialogue and so much on narration she manages to draw the reader into the stories and keep him there. Not adventure, not humour (except a sad one), not even dazzling main characters ; her tools are none of these. Her pace is steady, almost show, her settings the unglamourous plains of our Canadian west, and her conflicts the usual ones. Yet there is nothing "usual" about any of the stories. Each allows the reader to experience the extraordinary in the ordinary, to be lifted into another world where thoughts replace words, feelings supersede actions, and simplicity is more complex than the complexity. Thus, beneath her pen, a common « Tramp at the Door », whose twinkling eyes and winning smile gain him entrance into strangers' homes, is lodged permanently in the reader's mind ; the diminutive figure of Sam Lee Wong whose restaurant never really gets underway finds his way into the reader's heart ; and the simple, tragic Marta, whose only friends are the wind and her garden, speaks of the loneliness that is a part of every human being.

Gabrielle Roy's superiority as a writer can be attributed to other things : her ability to play upon a character's idiosyncrasies until they become one with the character ; her sympathy toward humanity ; her understanding of what brings people together or tears them apart, and her knack for capturing both in words.

But above all, what probably sets Gabrielle Roy apart from other writers is her extraordinary talent to make the reader *feel*, not just read about, the pain and loneliness of her characters, who are isolated figures, but a part of every person.

It is impossible to read *Garden In The Wind* without being aware of the abilities of Gabrielle Roy. She can capture human isolation in a single statement, make a character come alive through thoughts alone, reveal the sweetness and harshness of a land through personification and through a person's identification with it, and write prose that is always poetry. To read Gabrielle Roy is a pleasure ; to write like her a challenge.

Viga Boland
Author and Bookman, Toronto,
avril 1978

Ce livre pose donc quelques jalons dans l'ouest canadien à l'instar de ces croix aux inscriptions délavées qui, du nord de l'Ontario jusqu'à la Colombie-Britannique et au Yukon, en passant en particulier par la route Yellowhead, nous rappellent la ténacité et la volonté de ces ancêtres, nos ancêtres, qui firent notre pays et qui dans leur misère nous le laissèrent en héritage (voir de ce point de vue le beau livre illustré de photos et composé d'extraits de lettres intitulé *The Salt of the Earth* par Heather Robertson).

Chez tous ces défricheurs, Canadiens français, Chinois, Doukhobors, ou Ukrainiens se manifeste le besoin d'humaniser cet infini, de communiquer avec lui sentimentalement. Tel est le rôle de ce jardin de fleurs ou des collines fascinant Sam Lee Wong, ou encore de cette vallée Houdou. Un élément différent, à la mesure de l'homme apparaît et un dialogue peut s'instaurer entre la terre et lui. Qu'on est loin malgré tout de cet accord mystique chanté par les écrivains québécois du terroir que ce soit Germaine Guèvremont, Louis Hémon ou Félix Antoine Savard. Ici, à l'exception de ces quelques points d'appui, la solitude règne, l'étrangeté se fonde entre ce paysage hostile et l'homme, quand ne surviennent pas des calamités comme la sécheresse ou le célèbre « Dust bowl » qui vers les années trente ruina des milliers de fermiers.

Patrick Imbert
Le Droit, Ottawa, 1976

OEUVRES DE GABRIELLE ROY

BONHEUR D'OCCASION
Montréal, 1945, 1947, 1965, 1970, 1977; Paris, 1947;
Genève, 1968. Collection "Québec 10/10" no 6. Prix
Femina 1947, "Book of the month" de la Literary Guild
of America, Médaille de l'Académie canadienne-fran-
çaise, Prix du Gouverneur général du Canada. Traductions
anglaise *(The Tin Flute)*, espagnole, danoise, slovaque,
suédoise, norvégienne, roumaine, russe, tchèque.

LA PETITE POULE D'EAU
Montréal, 1950, 1957, 1970, 1980; Paris, 1951, 1967;
Genève, 1953. Édition d'art avec vingt estampes de Jean-
Paul Lemieux, Montréal, 1971. Collection "Québec 10/
10" no 24. Traductions anglaise *(Where Nests the Water
Hen)* et allemande.

ALEXANDRE CHENEVERT
Montréal, 1954, 1973, 1979; Paris, 1954. Collection
"Québec 10/10" no 11. Traductions anglaise *(The Cash-
ier)* et allemande.

RUE DESCHAMBAULT
Montréal, 1955, 1956, 1967, 1971, 1980; Paris, 1955.
Collection "Québec 10/10" no 22. Prix du Gouverneur
général du Canada. Traductions anglaise *(Street of Riches)*
et italienne.

LA MONTAGNE SECRÈTE
Montréal, 1961, 1971, 1974, 1978; Paris, 1962. Édition
de luxe illustrée par René Richard, Montréal, 1975. Collection "Québec 10/10" no 8. Traduction anglaise *(The
Hidden Mountain)*.

LA ROUTE D'ALTAMONT
Montréal, 1966, 1979, 1985; Paris, 1967. Collection "Québec 10/10" no 71. Traductions anglaise (*The Road Past Altamont*) et allemande.

LA RIVIÈRE SANS REPOS
Montréal, 1970, 1971, 1979; Paris, 1972. Collection "Québec 10/10" no 14. Traduction anglaise (*Windflower*).

CET ÉTÉ QUI CHANTAIT
Québec et Montréal, 1972, 1973; Montréal, 1979. Collection "Québec 10/10" no 10. Traduction anglaise (*Enchanted Summer*).

UN JARDIN AU BOUT DU MONDE
Montréal, 1975, 1981, 1987. Collection "Québec 10/10" no 93. Traduction anglaise (*Garden in the Wind*).

MA VACHE BOSSIE (conte)
Montréal, 1976, 1982. Illustrations de Louise Pominville.

CES ENFANTS DE MA VIE
Montréal, 1977, 1983. Collection "Québec 10/10" no 66. Prix du Gouverneur général du Canada. Traduction anglaise (*Children of My Heart*).

FRAGILES LUMIÈRES DE LA TERRE
Montréal, 1978, 1980, 1982. Collection "Québec 10/10" no 55. Traduction anglaise (*The Fragile Lights of Earth*).

COURTE-QUEUE (conte)
Montréal, 1979, 1980. Illustrations de François Olivier. Prix de Littérature de jeunesse du Conseil des Arts du Canada. Traduction anglaise (*Cliptail*).

DE QUOI T'ENNUIES-TU, ÉVELINE?
Montréal, 1979, 1982, 1984. Illustration de Martin Dufour.

LA DÉTRESSE ET L'ENCHANTEMENT,
 autobiographie. Montréal, 1984.

L'ESPAGNOLE ET LA PÉKINOISE
 (conte), Montréal, 1986).

ÉTUDES SUR L'ŒUVRE DE GABRIELLE ROY

Études littéraires, numéro spécial, vol. 17, n 3, hiver 12984.

Marc GAGNÉ, *Visages de Gabriellle Roy*, Montréal, Beauchemin, 1973.

Monique GENUIST, *La création romanesque chez Gabrielle Roy*, Montréal, Cercle du livre de France, 1966.

M. G. HESSE, *Gabrielle Roy par elle-même*, Montréal, Éditions internationales Alain Stanké, 1985.

Gabrielle POULIN, *Romans du pays*, Montréal, Bellarmin, 1980.

François RICARD, *Gabrielle Roy*, Montréal, Fides, 1975, coll. « Écrivains canadiens d'aujourd'hui ».

Annette SAINT-PIERRE, *Gabrielle Roy sous le signe du rêve*, Saint-Boniface, (Manitoba), Les éditions du Blé, 1975.

TABLE DES MATIÈRES

Gabrielle Roy
  Alexandre Chenevert (11)
  Bonheur d'occasion (6)
  Ces enfants de ma vie (66)
  Cet été qui chantait (10)
  Fragiles lumières de la terre (55)
  La montagne secrète (8)
  La petite poule d'eau (24)
  La rivière sans repos (14)
  La route d'Altamont (71)
  Rue Deschambault (22)
  Un jardin au bout du monde (93)

Jean SIMARD
  Félix (87)

Yves THÉRIAULT
  Aaron (44)
  Agaguk (41)
  Agoak, l'héritage d'Agaguk (13)
  Cul-de-sac (40)
  Le dernier havre (53)
  La fille laide (43)
  Tayaout, fils d'Agaguk (42)
  Les temps du carcajou (52)

Michel TREMBLAY
  C't'à ton tour, Laura Cadieux (73)
  La cité dans l'oeuf (74)
  Contes pour buveurs attardés (75)

Pierre TURGEON
  Faire sa mort comme faire l'amour (46)
  La première personne (54)

Jules VERNE
  Famille-sans-nom (7)
  Le pays des fourrures (69)

Ouvrage en collaboration
  Gilles Archambault, Yves Beauchemin, Pan Bouyou-
  cas, Chrystine Brouillet, André Carpentier, François
  Hébert, Claude Jasmin, André Major, Madeleine Mo-
  nette, Jean-Marie Poupar.
  Fuites et poursuites (84)